# Um ninho de mafagafes cheio de mafagafinhos

José Cândido de Carvalho

# Um ninho de mafagafes cheio de mafagafinhos

Contados, austuciados, sucedidos e acontecidos do povinho do Brasil

2ª edição

JOSÉ OLYMPIO
EDITORA

Reservam-se os direitos desta edição à
EDITORA JOSÉ OLYMPIO LTDA.
Rua Argentina, 171 – 3º andar – São Cristóvão
20921-380 – Rio de Janeiro, RJ – República Federativa do Brasil
Tel.: (21) 2585-2060
*Printed in Brazil* / Impresso no Brasil

Atendimento e venda direta ao leitor:
mdireto@record.com.br
Tel.: (21) 2585-2002

ISBN 978-85-03-01083-2

Desenho de José Cândido de Carvalho: SUELY AVELLAR
Capa: INTERFACE DESIGNERS / SERGIO LUIZZI

Texto revisado segundo o novo Acordo Ortográfico da Língua Portuguesa.

CIP-BRASIL. CATALOGAÇÃO-NA-FONTE
SINDICATO NACIONAL DOS EDITORES DE LIVROS, RJ

Carvalho, José Cândido de, 1914-1989
C324n Um ninho de mafagafes cheio de mafagafinhos: contados,
2.ed. astuciados, sucedidos e acontecidos do povinho do Brasil / José Cândido de Carvalho. – 2.ed. – Rio de Janeiro: José Olympio, 2011.

ISBN 978-85-03-01083-2

1. Conto brasileiro. I. Título.

CDD: 869.98
11-0765 CDU: 821.134.3(81)-8

A

Oyama de Macedo

Leo Gilson Ribeiro

Hélio Pólvora

e

Daniel Pereira

com

meu benquerer e meu muito admirar

Havia um ninho de mafagafes cheio de mafagafinhos.
Bom desmafagador será quem bem os desmafagar.

(Repetir sete vezes sem errar que o rei dará a filha a casar.)

TRAVA-LÍNGUA POPULAR

# Sumário

## 2. MATARAM MEUS SONHOS A PAU

## 3. COLOQUE UM FECHO ECLER NAS SUAS ESPERANÇAS

## 4. ADEUS, MEU CAPITÃO, QUE AS SEREIAS GUIEM TEUS MARES

# Personagens de nomes estrambóticos deste livro

Abilatrício Teles
Abrantino de Melo
Afanor Pereira
Agarino Chaves
Albernaz Feitosa
Alcebiláquio Castanho
Alfemina de Melo
Ambrotilde Feijó
Amphilacyo Guedes
Antiórgenes Barbeitas
Apolôncio de Sousa
Aspergilda Pereira
Bedeslau das Neves
Belarmedes de Araújo
Bendengó de Araújo
Benzinato Cunha
Bercó Guaraciaba
Bimbim Cardoso
Bobó Reis
Bombarda de Atayde
Cacimbilda Saquarema
Cajuca Nepomuceno
Cinibático Feijó
Cinorato Penalva
Clodomélio Peixoto
Cravino Dias
Daulacídia dos Reis
Dorontina Gusmão

Edigardina Palhares
Escolástica Saquarema
Estenfonsina de Melo
Fabilôncio Canabrava
Felistoso de Azeredo
Finfilóquio Tupinambá
Gerundina Melo
Gilofásio de Aragão
Gorjão Feijó
Juberbal Moscoso
Jubertino Couto
Jupiaçu Pereira
Jurundino Melo
Juribaldo de Melo
Lembrantino Cunha
Licencina Cravo
Licordino Arruda
Memé do Couto
Mercodenes Silveira
Miocardes Chaves
Olibório Bastos
Oneocrates Peixoto
Percilato Reis
Protestato Forjado
Reberaldo Carijó
Ricolina Rios
Salamantino Calheiros
Sandó Cruz
Sinofredo Batista
Sinofrildo Feitosa
Sonofrida Manhães
Teteu Pederneiras
Tintim Ramos
Uruguntina de Azevedo
Xenxém Brito

## Sobre o autor

José Cândido de Carvalho, romancista, jornalista e contista, nasceu em Campos (RJ) em 5 de agosto (mas só foi registrado a 15 de agosto) de 1914 e faleceu em 1º de agosto de 1989, em Niterói (RJ). Filho de lavradores de Trás-os-Montes, norte de Portugal, aos oito anos, por doença do pai, deixou Campos (RJ) e foi morar algum tempo no Rio de Janeiro, quando trabalhou, como estafeta, na Exposição Internacional de 1922. Desses tempos fabulosos, os alegres anos 1920, o menino guardou lembranças inesquecíveis. Mas logo voltou a Campos, onde continuou a estudar em escolas públicas. Nas férias, trabalhava como ajudante de farmacêutico, cobrador de uma firma de aguardente e em uma refinaria de açúcar. Ao anunciar-se a Revolução de 1930, José Cândido trocou o comércio pelo jornal. Iniciou-se na atividade como revisor de *O Liberal*. Entre 1930 e 1939, foi redator e colaborador em diversos periódicos da cidade. Admirador de Rachel de Queiroz e José Lins do Rego, começou a escrever, em 1936, o romance *Olha para o céu, Frederico!*, publicado em 1939. Formou-se em 1937 pela Faculdade de Direito do Rio de Janeiro. Passou a morar no Rio, em Santa Teresa, e entrou para a redação de *A Noite*, um jornal de quatro edições diárias. No funcionalismo público, trabalhou como redator no Departamento Nacional do Café, mas ali ficou por pouco tempo. Em 1942, Amaral Peixoto, então interventor no estado do Rio, convidou-o para dirigir *O Estado*, um dos grandes diários fluminenses. Com o fechamento de *A Noite*, em 1957, vai chefiar o departamento de copidesque de *O Cruzeiro* e dirigir, substituindo Odylo Costa, filho, a edição internacional da revista. Somente 25 anos depois de ter publicado o primeiro livro, José Cândido lança, em 1964, o romance *O coronel e o lobisomem*, uma das obras-primas da ficção brasileira. Ganhou os prêmios Jabuti (da Câmara Brasileira do Livro), Coelho Neto (da Academia Brasileira de Letras) e Luísa Cláudio de Sousa (do Pen Clube do Brasil). De 1970 a 1974, José Cândido de Carvalho foi diretor da Rádio Roquette-Pinto, quando veio a assumir a direção do Serviço de Radiodifusão Educativa do MEC. Eleito em 23 de maio de 1973 para a cadeira nº 31 da Academia Brasileira de Letras, sucedendo Cassiano Ricardo, foi recebido em 10 de setembro de 1974 pelo acadêmico Herberto Sales. Em 1975, foi eleito presidente do Conselho Estadual de Cultura do Estado do Rio de Janeiro. De 1976 a 1981, foi presidente da Fundação Nacional de Arte (Funarte), cargo para o qual foi convidado por uma de suas maiores admirações políticas, o ministro Nei Braga. De 1982 a 1983, foi presidente do Instituto Municipal de Cultura do Rio de Janeiro (RioArte).

Além do grande romance que o inscreveu na literatura brasileira como um autor singular, José Cândido publicou dois livros de "contados, astuciados, sucedidos e acontecidos do povinho do Brasil" e reuniu, em *Ninguém mata o arco-íris*, uma série de retratos jornalísticos. Sua obra de ficcionista é das mais originais, graças à linguagem pitoresca e aos personagens, ora picarescos, ora populares, extraídos do "povinho do Brasil".

Os livros que compõem a obra de José Cândido são: *Olha para o céu, Frederico!* (1939), *O coronel e o lobisomem* (1964), *Por que Lulu Bergantim não atravessou o Rubicon* (1971), *Um ninho de mafagafes cheio de mafagafinhos* (1972), *Ninguém mata o arco-íris* (1972), *Manequinho e o anjo de procissão* (1974), *Os mágicos municipais* (1984), o romance inacabado *O rei Baltazar* e *Se eu morrer telefone para o céu* (2010).

*O coronel e o lobisomem* foi publicado em Portugal (*O coronel e o lobisomem*, 1971), Argentina (*El coronel y el lobisón*, 1976), França (*Le colonel et le loup-garou*, 1978) e Alemanha (*Der Oberst und der Werwolf*, 1979).

O filme *O coronel e o lobisomem*, lançado em 1978, representou o Brasil no Festival de Cannes, em 1979. Sob a direção de Alcino Diniz, faziam parte do elenco Maurício do Valle, Tonico Pereira, Maria Cláudia, Jofre Soares, Isabel Ribeiro, Louise Cardoso, Wilson Grey, Otávio Augusto e, em uma pequena figuração, o próprio José Cândido de Carvalho. Em 2005, *O coronel* volta ao cinema, dessa vez dirigido por Maurício Farias, com Diogo Vilela, Selton Mello, Ana Paula Arósio, Pedro Paulo Rangel, Andréa Beltrão e Tonico Pereira.

Em 1994, a TV Globo exibiu na Terça Nobre — Brasil Especial a adaptação da obra *O coronel e o lobisomem*, com roteiro e direção de Guel Arraes, tendo Marco Nanini no papel do coronel Ponciano.

# JCC: História pessoal

A bem dizer, fui inaugurado em 1914, 24 horas depois de rebentar a Primeira Grande Guerra. Era agosto e chovia em Campos dos Goytacazes. Comecei com jeito de grandeza. Meu ideal era ser usineiro, viver no último andar de trezentos mil sacos de açúcar. Como isso não foi possível, tratei de realizar o subideal que era ser funcionário da Leopoldina. Sempre tive admiração toda especial por chefes de estação, espécie de donos de trem. Como esse subideal também não veio, tratei de escrever para os jornais da minha terra. Uma tarde, em plena década de 1930, entrava este José para a redação da *Folha do Comércio* por uma porta e Raimundo Magalhães Júnior saía por outra. Eu para escrever notinhas de aniversários e casamentos de comerciantes locais e Magalhães Júnior para iniciar sua prodigiosa carreira de grande jornalista e grande escritor. De jornal em jornal, realizei o sonho de todo o pai brasileiro do começo do século XX: ver o filho bacharel, fotografado de beca e de óculos. E bacharel saí na fornada de 1937, depois de passar, como o diabo pela cruz, através de lombadas de livros de alto saber jurídico. E uma ocasião, com a sacola soltando leis e parágrafos pelo ladrão, fui extrair da unha de um subdelegado um pobre-diabo qualquer. Foi quando constatei, para desencanto do meu canudo de bacharel, que mais vale ter a chave da cadeia do que ser Rui Barbosa.

Aborrecido, dei de mão numa resma de papel e escrevi meu primeiro romance, *Olha para o céu, Frederico!* Uns elogiaram, outros malharam. Embrulhado em suas páginas, arrumei, no Rio de Janeiro, o cargo de redator da velha e saudosa *A Noite*. E em seu manso seio fiquei até que o governo, a poder de bofetões, fechou o jornal em 1957. Dos cacos de *A Noite* pulei para os *Diários Associados*. Nesse meio-tempo, entre uma coisa e outra, caí no serviço público, com escrivaninha no Ministério da Indústria e do Comércio, onde procuro tirar o país da beira do abismo a poder de relatórios que ninguém lê. Quanto à ficção, é mato brabo no qual rarissimamente circulo, temente que sou de mordida de cobra e dente de lobisomem. Vejam que não exagero. Publiquei o primeiro livro em 1939, e o segundo, precisamente 25 anos depois. Entre *Olha para o céu, Frederico!* e *O coronel e o lobisomem* o mundo mudou de roupa e de penteado. Apareceu o imposto de renda, apareceu Adolf Hitler e o enfarte apareceu. Veio a bomba atômica, veio o transplante. E a lua deixou de ser dos namorados. Sobrevivi a todas essas catástrofes. E agora, não tendo mais o que inventar, inventaram a tal da poluição, que é doença própria de máquinas e parafusos. Que mata os verdes da terra e o azul do céu. Esse tempo não foi feito para mim. Um dia não vai haver mais azul, não vai haver mais pássaros e rosas. Vão trocar o sabiá pelo computador. Estou certo de que esse monstro, feito de mil astúcias e mil ferrinhos, não leva em consideração o canto do galo nem o brotar das madrugadas. Um mundo assim, primo, não está mais por conta de Deus. Já está agindo por conta própria.

Niterói, setembro de 1970.

José Cândido de Carvalho

# UM NINHO
# DE MAFAGAFES
# CHEIO DE MAFAGAFINHOS

# 1

# COM UM PAR DE AURORAS
# E MEIA PORÇÃO DE LUAR
# FAÇO UMA CANÇÃO

# Na próxima vez venho de dilúvio a bordo

E desembarcaram o sapateiro Finfilóquio Tupinambá em Santo Antônio do Banhado na ocasião em que o Circo de Bagdá montava para a distinta assistência o número mais arriscado de seu repertório: a bala humana. Sem saber de nada, bêbado de trocar pernas, perfeito peru de aniversário, Finfilóquio entrou no camarim do mágico, atarraxou a cartola dele na cabeça, bem assim como vestiu o fraque e arrumou o cachecol no pescoço. E soltando aguardente pelas juntas dos cotovelos foi parar no picadeiro do Circo de Bagdá e no picadeiro, como fazia o mágico, tirou do bolso o lenço puxador de pombinhos na justa hora em que o canhão fazia funcionar a bala humana: um sujeito todo prateado, voando de passarinho. Com o estrondo do tiro, o leão do circo, pegando jaula descuidada, saltou de cabrito diante do povo arrumadinho em bancos e cadeiras. Foi um corre-corre sem tamanho e feitio, gente por cima de gente num atropelado de gritos e chiliques. Basta relatar que um perneta subiu de macaco pelo mastro dos trapézios, e uma senhora bojuda, redondona de não caber nos vestidos, ficou entalada entre as cadeiras e desandou a gritar pelo nome de seu falecido marido:

— Capanema, Capanema! Chegou o fim do mundo. Me espera no céu que eu já estou subindo. Vou atrasar um pouco porque perdi os óculos. Me espera, Capanema.

No meio do picadeiro, de queixo caído e cartola na mão, o bêbado Finfilóquio falou baixinho:

— Finfim, Finfim, tu é o maior magicão do mundo. Só no puxar do lenço tu inventou um canhão e mais um danoso de um leão que já saiu comendo a perna de um par de bolivianos e mais as partes traseiras de uma dona de óculos metida a fazer discursos, foramente um serviço de parto que o leão fez só de berrar junto dos nove meses da barriguda. Lhe digo uma coisa, Finfilóquio. Se tu calibra a magicação, como manda o regulamento, tu era Finfilóquio de botar no picadeiro duas dilatadas cobras, um par de tigres, uma dúzia de elefantes, quatro leões-marinhos, manadas de bicicletas, cinco dobrados da gloriosa Banda Marcial de Santo Antônio do Banhado e mais uma batelada de gringos para o povinho esborrachar a pau. Mais que isso, Finfim velho, tu era homem de trazer a arca de Noé de volta. Com o tal do Dilúvio e demais benefícios.

# Toda honestidade tem sua fita métrica

Cravino Dias, encharcado de água de matar gato, subiu para o alto da torre da igreja de Nossa Senhora do Parto e deu de gritar:

— Vou criar asa, minha gente! Vou virar aeroplano. Se morrer, meu bondoso primo Sicarino Dias, que mora em Morrinhos, está capacitado para mandar um relatório de minha lavra ao pessoal do governo. Triste de Jacubais do Norte se meu relatório abrir a boca. Fecha este ninho de sem-vergonhismo, de não abrir em derredor de cem anos. Não fica uma reputação em pé. Nem o sacristão Carino Papa-Hóstia escapa, que é o maior beliscador de popa de moça que já vi. Meu relatório, povo de Jacubais do Norte, é pior que mordida de lobisomem em noite de sexta-feira. Pega todo mundo. É pedir a Deus que meu relatório não saia ventando pelos compartimentos do governo. É madeira de dar em doido!

Diante de tamanha ameaça, Jacubais do Norte mobilizou os préstimos do dr. Varjão Dourado, sujeito de muito respeito, de colarinho engomado, sempre de preto, do chapéu às botinas. Nunca em vinte anos soltou uma risada. Quando esse boitatá chegou na praça da Matriz, recebeu de Cravino uma tijolada de desmontar os parafusos. Neste jeito empenado:

— Logo quem vem falar comigo! Varjão do cartório! Esse, minha gente, não aguenta meia sindicância. Pega logo trinta anos de cadeia no abrir da primeira página. Com partezinha de lavrar escrituras, é o maior dilapidador de viúvas de Jacubais do Norte. Não perde uma! Esse boitatá puxa o estandarte do meu relatório.

Para que esse avassalador papel não rolasse para as mãos do governo, como uma cascavel de chocalho aceso, Jacubais do Norte fez uma subscrição de modo a limpar todas as dívidas de Cravino Dias, desde que mamou até que botou sapato no pé. Cravino já desceu da torre da igreja de Nossa Senhora do Parto com um cargo de bons dinheiros no cartório do dr. Varjão Dourado. Quando, tempos depois, o compadre Lulu Reis recordou o caso da torre, Cravino riu e explicou:

— Compadre, resolvi entrar para o relatório, abaixo do escrivão Varjão Dourado e do prefeito Santinho Gomes. Meu tempo de aeroplano já passou. Agora eu sou da caixa registradora.

# O Quarta Vara de Família e suas consequências

Carta de Zizi Cruz para Neném Arantes de São José de Ubá:

*Neném, comunico que rompi o noivado com Bendengó de Araújo, aquele que no tempo da vacina obrigatória inaugurou a mazurca nos salões de Cosme Velho. Pensei ter sossego ao lado dele, no gozo de sua aposentadoria de juiz de foro. Mas, logo nos primeiros agarramentos de noivado, vi que Bendengó não dava pé. Desceu sobre seu terno preto uma remessa de pouca-vergonha que não te conto! Só falava em passeios por horas mortas e assuntos correlatos em terrenos baldios. Certa ocasião, a moçada, com Dezinho Cento e Oitenta Quilômetros no comando, deu uma festinha daquelas no apartamento de Saraiva Boa Boca. Combinei acabar com o fogo do velho nessa noite. Pois lhe digo uma coisa, Neném, Bendengó já chegou soltando estrelinhas, mais espinoteado e na frente da moda que a meninada toda. Esqueceu a mão-boba até em tomada de eletricidade. Foi escândalo tanto que a vizinhança chamou a radiopatrulha. E no meio da algazarra, tirando o maior iê-iê-iê da praça, Bendengó gritava: "Gastei meu tempo despachando processos na Quarta Vara de Família. O que eu quero agora é descontar em folha. Viva o progresso! Viva!" E tome mão-boba, Neném. O negócio pegou tal volume que Taninha Biquíni, aquela que desde*

*1960 ganha todos os concursos de roupa nenhuma, chegou para mim e ventou no meu ouvido: "Esse Quarta Vara de Família, Zizi, é de fratura exposta. Tira teu organismo da alça de mira dele, que o velhote, nessa embalagem, vai cortar a fita inaugural do outro século." Embarquei no conselho de Taninha. Mandei o Quarta Vara de Família andar.*

# O terror vem de paletó de alpaca

Era da Secretaria de Comércio e fazia relatórios. Arrastava pela vida um nome encaroçado: Juruberbal Calastra. Era um sujeito cheio de pormenores: sabia leis e regulamentos, desde a primeira portaria de um vago ministro imperial ao último ato publicado pelo Diário Oficial. Mas o forte de Calastra era o balancete. Diante de uma dessas peças papelosas, Calastra lambia os beiços e esfregava as mãos:

— Duzentas páginas! É como gosto, é como aprecio.

Era o terror em paletó de alpaca da Secretaria de Comércio. O olho de Calastra varria tudo. E era de longe, sem precisar de outro exame, que descobria erros:

— Seu Nogueira, cuidado com o Código de Contabilidade. O Penedo Alves pegou trinta anos de cadeia. Seu Nogueira! Trinta anos!

Ninguém queria história com Calastra. Nos processos mais em ordem, seu dedo metediço sempre encontrava um deslize:

— Veja este selo! De cabeça para baixo. E logo quem! O marechal Floriano.

Adoeceu em definitivo. Veio o padre, um velhinho da paróquia do Encantado, para consolar o candidato a defunto.

Falou das belezas do céu e garantiu que as suas portas seriam abertas a ele, Juruberbal Calastra. E fazendo o sinal da cruz:

— Como bom cristão sereis admitido no reino de Deus.

Calastra, já com o pé na eternidade e outro nos seus quarenta anos de leis e regulamentos, perguntou lá muito longe, em voz de encerramento de ponto:

— E a portaria de admissão já foi lavrada, reverendo? Saiu no Diário Oficial, reverendo?

E morreu.

# Volta à infância a preço de ocasião

Então chegou o sábado da grande luta de Ursus, o Estripador. Que pegava pela frente Manezinho do Poço, que não estripava ninguém, que só tinha pegado esse serviço de pedreira por estar numa dependura de ser vista de longe. Armaram a briga no Pavilhão do Centenário, bem nos beiços do Largo da Abolição. A cidade de Abricós veio toda para ver a batalha que custava dois mil-réis por cabeça. E quando Ursus, um sujeito que devia ser parente de navio ou trem de ferro, pegou Manezinho pelo pé e desandou a espichar a pessoa de Manezinho como quem espicha couro de boi, a boa cidade de Abricós viu logo que o pobre ia sair dessa demanda com mais de três metros de comprimento. Uma boca, apavorada, avisou:

— O gringo vai estuporar Manezinho do Poço!

Aí brotou paulada de todos os lados. Apanhou gente que nunca apanhou na vida, e até a parteira Aninha Guedes, que veio ver que bolo era aquele, levou um rabo de arraia de ficar dependurada na cumeeira do Bazar Alvarenga. O gerente do Cinema 7 de Setembro, Antoninho Índio do Brasil, foi sorteado com uma paulada tão cheia de corpo que virou anão. Como bem disse o delegado Chico de Barros, que mediu o avariado dois dias depois do seu encurtamento, se a paulada não sai meio chanfrada, resvalando na saboneteira dele, Antoninho ainda encurtava mais. Era Antoninho de vir montado em cueiro e de chupeta.

## PEGOU O TELEFONE E LIGOU PARA A AURORA DO MUNDO

Ficou lelé de hospício no momento em que o dr. Saraiva de Aragão, dos Contratos e Arrendamentos, largou na moleira do escriturário Gudesteu Meireles dois quilos e meio de espinafração. Neste feitio rendilhado:

— Se lhe pego outra vez de olho de bode em cima das meninas da repartição, pode escrever que é o teu fim de carreira. Ninguém te salva, seu Gudesteu! Ninguém! Nem o sr. ministro, nem Deus, ouviu?

Foi nessa curva da espinafração que a doidice de Gudesteu Meireles saiu da cabeça para a ponta da língua. Neste estilo:

— Não ouvi nem vou ouvir mais nada, seu calhorda! És de levar garfos e talheres dos amigos para casa. Te conheço de outros corredores. Vou falar com Nabucodonosor para largar um inquérito neste covil de Ali Babá, de não ficar nem os alicerces. De saída, na abertura dos trabalhos, pegas no barato trinta anos de trabalhos forçados por cima dessa focinheira sem-vergonha. Nabucodonosor morre por um negócio assim. Vou telefonar para Nabucodonosor agora mesmo. Um telefone, por favor! Um telefone!

E partiu para o aparelho. Atrás, branco mais do que o papel dos seus despachos, seguia Saraiva, ratão velho da vida pública nacional, pedindo concordata. Era encovado, humildinho que Saraiva implorava:

— Seu Gudesteu, não faça isso. Estava brincando, seu Gudesteu.

Mas Gudesteu Meireles, baixo funcionário dos Contratos e Arrendamentos, foi perfeito. Pegou o telefone e discou para a aurora do mundo. Para o rei Nabucodonosor da Babilônia.

# As esperanças também vão a pique

Estava o comemorativo do noivado da viúva Estefanilha Barbeitas com o escrivão de cartório Feitosa Rojão no quarto balde da famosa e sempre consumida Espanta Resfriado na hora em que o funileiro Afanor Pereira, mais conhecido como Fofó Peço-a-Palavra, de copo em punho, entrou de Rui Barbosa:

— Quero dizer uns poréns.

Logo montaram Fofó, que já caía pelas tabelas, num canto de sala para que saudasse o noivo, impoluto presidente do Sapucaí Esporte Clube e seu amigo de desentocar garrafa das prateleiras dos botequins de Santa Maria do Vento. Fofó, depois de fazer umas visagens e largar no recinto umas sinalefas, caiu em cheio sobre o noivo:

— Rojão velho! Estás aí, estás montado no burro do dinheiro, que a viuvona Estefanilha rende mais que uma paróquia em mão de vigário esperto. Só de boi, a distinta tem para mais de mil cabeças, fora a dinheiragem em caixa de banco de cambulhada com o tal de montepio que herdou do falecido Lacavinha Barbeitas. Com esse reforço de verba, Rojão velho, a gente encana a perna do Sapucaí Esporte Clube do qual tu és o impoluto presidente. Vamos comprar um becão na Bahia, um par de atacantes no Ceará e um técnico no Rio de Janeiro. Ninguém vai mais poder com o time de Sapucaí, todo de roupinha nova, de chuteirinha escovada e goleiro de boné e de luvas. E não como no estado atual, todo mundo esfarrapado, mais parecendo pedinte de porta de igreja. E quando o juiz endurar, a gente não conversa, Rojão. A gente reboca dona Estefanilha para o meio de campo e bota a cara de vitrola dela bem nas bochechas do juiz que não tem ninguém que resista. Corre todo mundo cuidando que deu boitatá no recinto. Viva Rojão! Viva o montepio de dona Estefanilha!

Rojão perdeu o emprego de marido da viúva, e Fofó, as orelhas.

## Como Setembrino Facó desatarraxou o capitão Felisberto Cerdeira de delegado de Sarandi das Cruzes

Lá em cima andava Setembrino Facó: dois metros da sola da botina ao chapéu de aba larga. Era major. E, além de major, dono de muitas e variadas posses em terras e gados. Desde que levou uma chifrada de certo boi-corneta, pegado lá nele em lugar fino, não foi mais homem de deliberar. Quebrado das ideias, veio morar em Sarandi das Cruzes, em casa avarandada e ajardinada. Desse conforto só saía para puxar procissão de São Jorge e votar no marechal Floriano Peixoto, morto para trás de muitos anos, mas vivinho em folha na cabeça de Facó. Vez por outra mandava passar a farda e polir as botinas. Com este aviso:

— Vou ao Rio. A chamado de Floriano.

Abraçava os filhos, dava duas voltas na praça da Matriz e regressava ao casarão avarandado. Eram assim as navegações de Setembrino Facó da boa cidadezinha de Sarandi das Cruzes. Era aparecer nos seus engomados de militar e o povo dizer:

— O major está de viagem. É tempo de lua.

Foi chegado por esses dias em Sarandi das Cruzes um capitão-delegado de brabeza por demais apregoada, um certo Felisberto Cerdeira. No correr de dois meses Cerdeira purgou na palmatória e no sal-amargo os pecados de Sarandi das Cruzes. Sovou todo mundo, até negociante de relógio trespassado na barriga. A boca do povo apregoava:

— O couro do capitão-delegado não para de curtir lombo de gente.

Até que uma tarde, sem ninguém esperar, o major pediu farda para uma viagem de serviço. Altão, barbadão, desceu a rua do Comércio para indagar de uns e de outros:

— Se mal pergunto, onde tem na praça um moleque de nome Cerdeira que vai para dois meses não faz outro serviço que não estropiar o povo destas ribeiras?

A rua do Comércio, de ponta a ponta, cerrou as portas. Logo foram avisar o capitão-delegado que Setembrino Facó queria tirar um particular dele. Mas no rabo desse aviso chegou a barba do major, e por trás da barba o major falou:

— Levanta os fundilhos dessa banqueta para saudar um superior em patente e dele receber incumbência!

E Setembrino Facó, sem esperar pelos trocos, decepou na nascença a prosopopeia do delegado Felisberto Cerdeira. Estatelado no assoalho, dado como morto, ficou a autoridade de Sarandi das Cruzes. Quando acordou, foi para ganhar a janela e sumir na estrada como um buscapé maluco. E na poeira do desarvorado seguiu a voz de Setembrino Facó:

— Cachorro! Está destituído!

E diante de Sarandi de queixo caído, Setembrino escreveu uma longa carta ao marechal Floriano Peixoto.

# Em casa de surdo para que tocar violino?

Ao palito do jantar o comendador Noronha e Sande comunicou ao filho que as meninas de seu compadre Abilatrício Teles queriam que ele fosse passar o tempo de férias na casa de beira-mar de Queimados. E com jeito recomendão:

— Aceitei em teu nome. Mas tenho uma ressalva a fazer. Não tome confiança com as meninas Teles, que tenho muito apreço pela amizade do compadre Abilatrício. Ademais, sou provedor da Santa Casa e sócio remido da Beneficência Portuguesa. Tenho um nome a zelar.

Se o pai mandou, o filho melhor fez. As moças Teles, nos sozinhos da casa de Queimados, bem que faziam por onde o moço perder o respeito. Mas que esperança! O moço, firme como um jequitibá de mato a dentro, não derramava um só pingo de patifaria. Era um bigode desperdiçado, um par de costeletas posto de lado. Num banho de mar, em que as Teles tomaram parte quase sem pano, com maiôs que cabiam em caixa de fósforos, o filho do comendador Noronha e Sande foi perfeito. Na hora em que as curvas da menina Quiqui Teles derraparam do biquíni, deixando o biquíni de um lado e sua pessoa de outro, o moço em férias, rápido, jogou por cima dos sobe e desce da menina seu paletó preto. Mais tarde, em conversa de varanda, Quiqui comentou com sal e pimenta:

— Gostei do paletó. Mas também não precisava fechar os olhos. Que exagero!

Com meio mês de beira de praia, as Teles já não aguentavam tanto respeito junto. A mais velhinha, pela boca de seus dezoito anos, foi franca:

— Antes a gente convidasse o primo Bedeuzinho de Alencar. É feioso, tem um olho fora do esquadro, mas força as prateleiras. Com essa mania de sonâmbulo, o sem-caráter vai faturando alto. Tive de expulsar, certa ocasião, o sonambulismo dele quatro vezes numa só noite. Larguei tanto tapa na cara do Bedeuzinho que Bedeuzinho perdeu a direção e foi pedir asilo no quarto da empregada Maria das Dores, de onde só saiu três dias depois. Era melhor a gente ter convidado o sonambulismo dele.

Antes que as meninas Teles dissessem que o visitante era de fazer crochê e ponto de malha, o comendador Noronha, em visita ao compadre Abilatrício, chamou o filho a um canto e despejou na concha do ouvido dele o seguinte reparo:

— Muito bem que tenhas respeito pelas meninas. Mas nem tanto ao mar nem tanto à terra. Uma mão-boba num escuro de corredor não desabona ninguém. Eu mesmo, que sou Provedor da Santa Casa e sócio remido da Beneficência Portuguesa, não perco vez. Agora mesmo, para não deslustrar nossa firma, passei a mão num facilitado da menina Quiqui Teles, que não refugou. Tanto que vou te mandar embora e ficar no teu lugar. O nome dos Noronhas e Sande não pode ficar desmoralizado. Nunca!

E remeteu o moço no primeiro trem que apitou.

# Herói atolado em carne-seca e lombo de porco

Cibinático Feijó, que morreu atropelado por uma feijoada de fim de semana, fez carreira e fortuna em cima de uma única e jamais esquecida bebedeira. Aconteceu certa noite no Bar Alvorada, na hora em que Cibinático, depois de estilhaçar duas prateleiras de variadas garrafas, foi para a porta do estabelecimento e falou com voz empapada de lacraias e escorpiões:

— Aviso que não sou mais o baixo funcionário Cibinático Feijó. Sou o grão-vizir de Bagdá, que veio dizer as verdades a respeito deste povo sem-vergonha que desonra Lavrinhas de Santo Antônio com a sua peçonha e seu gatunismo. Se o governo botar uma ratoeira na boca da rua do Poço não fica ninguém solto, que só tem rato velho em Lavrinhas de Santo Antônio.

E Cibinático Feijó, encadernado em grão-vizir de Bagdá, soltou a língua que foi um destempero. De ladrões e gatunos fez a festa. Vez por outra, avisava:

— E ainda não chegou o sultão da Arábia, que esse é de quebrar as prateleiras. Quando o sultão chegar, vai escorrer honra de gente como chuva na calçada. O sultão da Arábia sabe, de cor e salteado, de todos os desfalques que deram na pobre Prefeitura de Lavrinhas de Santo Antônio desde 1918. Vem tudo a furo! Ninguém vai perder por esperar!

Antes que o sultão da Arábia chegasse, o prefeito Bentinho Alonso rebocou Cibinático para uma conversa particular. A conversa resultou tão rendosa que Cibinático saiu dela feito diretor de repartição e tesoureiro da Sociedade dos Atacadistas e Varejistas de Lavrinhas de Santo Antônio. Recolhido o grão-vizir e adiada a vinda do sultão da Arábia, Cibinático voltou ao seu normal de bom sujeito, temente das leis e das autoridades constituídas. Vez por outra, contrariado numa pretensão, ameaçava fazer voltar o grão-vizir com todas as suas verdades. Mas o grão-vizir nem chegava a sair da garrafa, pois logo os desejos de Cibinático eram satisfeitos em moeda corrente do país. E assim viveu e prosperou Cibinático Feijó por muitos anos até que escorregou no toucinho de uma feijoada e caiu. Quando acordou, estava mortinho como se nunca tivesse nascido. Atolado em carne-seca e lombo de porco. Sem grão-vizir e sem sultão.

# Macaco sabe quando a banana está madura

Os cento e trinta quilos de dona Bebé das Neves ancoraram junto ao marido e exigiram:

— Bedeslau, neste carnaval vou sair de dama da corte.

Saiu de dama da corte. Só para transportar dona Bebé para o baile houve necessidade de dois caminhões. Tiveram que desmontar um par de portas dos Independentes de Brás de Pina de modo a fazer subir os cento e trinta quilos de dona Bebé das Neves. A peruca, de tão grande, foi montada na hora — veio em carrinho de mão. E tudo parecia acomodado nos salões dos Independentes de Brás de Pina quando dona Bebé gritou para o marido:

— Bedeslau, vem cá! Fui vilipendiada. Aquele cretino de chapéu de índio mexicano está chamando minha fantasia de Pão de Açúcar. Mostra os recibos das contas a ele, Bedeslau! Diz a esse filhote de gambá que só de algodão em rama, para enchimento das ancas da minha dama da corte, gastei mais de cem quilos. Só de algodão em rama!

Bedeslau das Neves, pacífico corretor de imóveis em Jacarepaguá, foi tirar satisfações com o sujeito de chapéu mexicano e levou um bofetão de maus bofes. O bofetão veio com tal sustância que ainda deu para destroçar e danificar um garçom, um velhote que dizia coisas na concha da orelha de uma colombina, uma senhora de dentadura postiça, um anão metido a granadeiro imperial, o glorioso estandarte dos Independentes de Brás de Pina, um par de mesas, duas portas, um ventilador, uma varanda e o corrimão da escada. Quando o bofetão perdeu o veneno, não havia mais baile. Em verdade não havia mais nada.

# Mataram uma flor a bolachadas

Carta de uma certa Maria Clara Monserrat justificando o abandono do doce lar:

*"Lilico Pinto, lhe escrevo estas caligrafias para limpar minha honra e tu não cuidar que sou mulher sem-vergonha. Desde que tu pegou diploma de prático de dentista que tu modificou comigo. Todo mundo notou, até a velha Bentinha Boa Morte. No princípio de nossa ajuntação, tu largava o ventilador do braço na minha pessoa que era uma devastação. Eu era como poção em tua mão. Apanhava de duas em duas horas. Depois, tu foi afrouxando os parafusos, de passar dias e dias sem que a minha cara fosse beneficiada com um tabefe, emboramente eu fizesse por onde. Uma vez até conversei, bem na hora de tua chegada, com o dono do Armazém Esperança, aquele de bigodão em feitio de chifre de boi. Quando cuidei que ia entrar no educativo de um bofetão, tu baixou no meu terreiro com conversa de extração de dente: 'Minha nega, já estou praticando no tal de pivô.' Vi logo que teu amor tinha passado no dia em que tua pessoa me deu um ramo de rosas. Até falei com a comadre Jurubaldina de Melo: 'Comadre, Lilico está me largando de lado. Não bate em mim desde duas semanas.' Foi por esse motivo, Lilico, que resolvi viver maritalmente com Felismino Paixão, ajudante de mecânico. Sujeito para saber tratar uma dama está ali mesmo! É cada bolachada de deixar meus beiços mais avantajados que tra-*

*vesseiro. Estou muito feliz e tenho esperança que Felismino não vai amortecer o braço, que homem que é homem trata as damas com esse xarope, de não deixar a gente olhar nem no avulso para outro sujeito. Foi essa desgraça de diploma que te amolengou, Lilico. Tu agora, desculpe a franqueza, é um mariquinha como outro qualquer. Tu não gosta de mulher, Lilico. O que tu gosta é de flor."*

# De como Gugu Almeida dilapidou a honra de Santa Fé do Pinhal e esquartejou as finanças da Sociedade Recreativa 13 de Maio

Gugu Almeida, mais conhecido por Almeidinha das Flores, por ser dado a jardinagem e falar fino, tinha alvará para entrar em todas as casas de família de Santa Fé do Pinhal. Não havia festa de moça que Almeidinha não metesse a colher. Inventava vestidos, patrocinava namoros, até bordados Almeidinha fazia. E andava tudo em paz quando aquela notícia estourou como rojão na cabeça de Santa Fé do Pinhal:

— Almeidinha fugiu de madrugada com um baú de dinheiro da Sociedade Recreativa 13 de Maio. Até o retrato do finado Rui Barbosa o sem-caráter levou. Com prego e tudo!

Depois, fazendo o inventário do sucedido, brotou coisa de não acabar mais. Em dois anos de convivência com Santa Fé do Pinhal, Gugu Almeida, a poder de bordado e costura, tinha procedido a uma limpeza completa no donzelismo da praça, de só restar um único rabo de saia para remédio, assim mesmo por ser de cara feita às pressas e zarolha de nascença. Desobstruída a donzelagem de Santa Fé do Pinhal, Almeidinha passou a trabalhar as viúvas, findo o que caiu em cheio nas senhoras casadas. E entrava na quinta ou sexta dama, no momento em que o carnegão do desfalque saltou nas vistas de todo mundo. Gugu esquartejou as finanças da Sociedade Recreativa 13 de Maio de não deixar dinheiro nem para comprar um selo de carta. Foi como bem disse o boticário Janjão Cruz, na porta da Farmácia Progresso:

— Uma sorte ter Gugu dado o desfalque. Se não fosse isso, o sujeito ainda praticava mais disparates. Acabado o pessoal de saia, ele era muito Almeidinha de partir para o povo de calça e bigode. Tesconjuro!

# Com nome de Pernevildo ninguém chega a ministro

Entrou na Alfaiataria Elegante, abriu um crediário, chamou o gerente Guedes Penalva e falou meio sobre o importante:

— Quero um terno da mais fina casimira inglesa. Troço de dar na vista. Com colete e seus devidos acompanhamentos. É para a posse do Pernevildo Mattoso. Mattoso com "tt", que vai ser ministro do Fomento. Faz questão que eu compareça. Sujeito legal. Sempre o mesmo.

Parou, tomou novo abastecimento de ar e continuou montado em seus recordativos:

— Joguei muita bola com Mattoso. Era beque de escora. Não passava nada. Chutava até bem-te-vi. Uma tarde, no antigo campo do Andaraí, deixou o Zozó Almeida, um que foi caixeiro da Casa Jurema, sem fala durante um quarto de hora. Quando a fala voltou, Zozó estava contaminado de asma: miava por uma dúzia de gatos. É o que eu digo, amigo Guedes. O Mattoso merece. É do peito, sujeito que não nega fogo. Quero para a posse dele terno do mais fino, com colete pomposo. De trespasse, amigo Guedes.

Mas logo na manhã seguinte telefonava para o gerente Guedes dando última forma no pedido:

— Guedes, quem fala aqui é o Abelardo Moscoso. O Pernevildo não vai ser mais ministro. Vai ser diretor-geral, que é troço de não acabar mais. Suspende a casimira inglesa e trabalha em pano nacional. E nada de colete. E muito menos de trespasse.

E desligou para ligar no dia seguinte desta maneira chanfrada:

— Guedes, quem fala é o Abelardo Moscoso. O Pernevildo não vai ser diretor-geral de nada. Ficou contente com uma subchefia de uma subdiretoria em Paracambi. Suspende o terno e arruma para mim um boné, que é de boné que eu vou à posse do cretino do Pernevildo. E boné zebrado, Guedes. De aba de abotoar por baixo do queixo.

E desligou.

# Eternidade com xarope

E houve um pau feio e firme em Santo Antônio das Trovoadas acompanhado de tiros e facadas. O aleijado Fifi do Pires, que vivia de angariar esmolas na porta da igreja de Nossa Senhora do Rosário, à mão direita da praça da Pólvora, pegou uma reta de pé de deixar para trás o relâmpago mais veloz. O tabelião Nonhô Azeredo, que viu Fifi passar montado em mil pés pelo frontispício do Bazar Alemão, falou admirado:

— A olho nu, o perneta corria mais que um veado de campo aberto na frente de dez cachorros.

Mais tarde, em poder do xerife Tatão Bastos, Fifi do Pires confessou:

— Pois é, seu Tatão. Deu-se que aconteceu um milagre. Na hora do tiroteio, toda a praça da Pólvora cerrando as portas, vi aquela nuvinha azul e nas bordas de seus algodões um anjinho todo pintadinho de ouro que assim falou: "Fifi Maximiniano Pereira Feitosa da Cruz, mais conhecido por Fifi do Pires, afilhado de Santa Teresinha do Menino Jesus e protegido do Arcanjo Gabriel, resolvi dar umas férias ao teu pernetismo, pelo que vou fazer com que a parte avariada fique como boa fosse, de modo a te livrar das balas avulsas, que bala sem dono, amigo Fifi, sempre encontra uma popa vazia para fazer guarida. Mas não fica com a boca doce,

Seu Fifi Maximiniano Pereira Feitosa da Cruz, que só suspendo teu pernetismo durante o comício de tiros. Vai, filho de Deus, mas volta são e salvo para tuas esmolas na porta da igreja de Nossa Senhora do Rosário que São Pedro faz questão que ninguém mexa com tua pessoa. Do contrário ele convoca o delegado Tatão Bastos à sua presença a poder de espinhela caída ou de qualquer outra doença mortal."

Tatão fez o sinal da cruz e mandou Fifi em paz para seu pires de porta de igreja.

# Surucucu de letra de forma

Era feroz do bigode ao cadarço dos sapatos. Era Albernaz Feitosa de Oliveira Pontes. O charuto, montado no meio-fio da boca, ameaçava deitar fogo em Sarandi de Ponte Nova, da praça da Sé à rua do Sacramento. Mas o que fazia a cidadezinha pender a cabeça e ficar por trás de portas e janelas era a pesada pasta que Albernaz arrastava como um canhão de peçonhento calibre. Albernaz era o primeiro a garantir, batendo a mão cabeluda no aterrador pertence:

— Por baixo destes couros tenho a vida do povinho de Sarandi de Ponte Nova. Da primeira chupetada que mamou ao último desfalque que deu nos cofres públicos. Sei de tudo! Muito sujeito que é tido como bom pai de filhos, de corrente de ouro trespassada pela pança, tem contas a ajustar com ela. É só eu querer abrir os couros para não ficar ninguém livre nesta praça de sem-vergonhas. Não vai ter cadeia para comportar tanto condenado. Prendo todo mundo, que todo mundo em Sarandi de Ponte Nova tem rabo de ratão velho preso dentro dos couros de minha pasta.

A verdade é que Sarandi tremia nos cascos ao ver o charuto de cara feia de Albernaz passar em cima de sua negra pasta. E por tremer assim de maleita terçã é que fazia tudo que Albernaz queria e muito bem inventava. Albernaz pegava a pasta, dava entrada na Papelaria Moderna e dizia ao velho Chiquinho Cruz:

— Seu Chiquinho, diga ao povo da Associação dos Varejistas que estou carecido de lavar o baço em Poços de Caldas, pelo que peço as devidas providências para minha pessoa pegar hotel condigno e hospedagem fidalga naquela praça de águas medicosas. Dou dois dias para a deliberação. Só dois!

Logo, sem perda de tempo, o dinheiro saía das gavetas e a pasta de Albernaz Feitosa de Oliveira Pontes desaparecia por um par de meses. E assim, de ameaça em ameaça, varou Albernaz o tempo por baixo da fumaça do charuto e montado nos couros da denegrida pasta. Quando alguém duvidava da documentação nela contida a sete chaves, havia sempre uma boca aconselhativa para advertir:

— Não catuca onça-pintada com vara curta, homem de Deus!

Até que uma tarde, ao atravessar a rua do Cravo, um boizinho desgarrado, sem respeito por Albernaz e sua devastadora pasta, varejou com ele em distância de mais de quatro metros. Albernaz voou de bem-te-vi e foi cair bem no centro da Barbearia Almeida. O pessoal do corte, diante daquele disparate, sustou o trabalho das navalhas e tesouras para ver, espantado, o derrame de *Tico-Tico* e almanaques de farmácia que a boca da pasta expelia no chão cabeludo da Barbearia Almeida. Era o fim de Albernaz Feitosa de Oliveira Pontes, surucucu de *Tico-Tico*, cascavel de almanaque de farmácia!

# Saudade embarca no trem das sete

Desembarcou armado do maior bigode que já transitou pelos trezentos e tantos anos de Saruí dos Pardais. E, antes de pegar a cidade de corpo inteiro, parou no Bar Dois Irmãos para dar uma meia-mão de tinta na bigodeira. Recuou diante do espelho, calibrou o pente e mergulhou o serrote bem no centro de sua ostentosa peça, de modo a ficar mais espevitada. Feito isso, cintou o paletó, passou a mão sobre a cabeleira a fim de esfarinhar o topete, depois do que ganhou o centro de Saruí dos Pardais. E, nesse passar, praticou os seguintes destemperos: dona Mindoca Barros caiu do alto de uma escada, a moça Lili Cunha sentiu uma paulada no peito e desmaiou, a viúva Licencina Cravo recebeu o espírito de seu finado marido, que já desceu falando mal do governo, enquanto dona Celeste Barbirato engasgava com a perna de um peru e a professora Mariinha Cruz engolia um lápis. E fechando esse ninho de desgraças, dona Antuérpia Bependi deu de escrever soneto que foi uma inundação. Tanto que o diretor do Democrata, jornal livre e independente, não aguentando tanta rima e tanto verso, pediu demissão do cargo, por ser a dita Antuérpia Bependi senhora do prefeito e dona do único anúncio que o jornal tinha: o famoso Calomelano Jacaré. E quando o bigode foi embora, no trem das sete horas, nunca mais a boa cidade de Saruí dos Pardais foi a mesma pessoa. Nunca mais!

# Transferência para o céu só com ordem superior

Ao ser avisado de que o moço Matias Abrunhosa tinha papado todos os votos de Juribé da Boca do Mato, o major Tatão Garcia deu dois socos na mesa e sentenciou:

— Ganhou mas não vai botar sua prosopopeia nas vereanças. Vou mandar Bentinho Joca conversar com o desaforado.

Bentinho Joca era especial em forçar a transferência do pessoal de Juribé da Boca do Mato para o céu. O major, que havia despachado dois ou três sujeitos nas balas de Bentinho Joca, mandou bilhete para que viesse ao alpendre de sua fazenda já montado e carabinado. Bentinho relutou, mas veio. Tatão Garcia jogou logo o assunto na mão dele:

— Bentinho, tenho serviço cativoso para sua mimosa pólvora. Coisa de lhe dar nome. Um tal de Matias Abrunhosa.

O pistoleiro rolou o chapéu entre as mãos e refugou:

— Major, releguei o ofício das armas desde que entrei na praticagem da Bíblia.

Tatão pegou fogo. Não, ele não podia deixar o serviço em branco. Nem que fosse o último, mas devia pegar. E batendo no bolso do dinheiro:

— Além do mais, Bentinho, pago na boca do cofre.

E tanto o major Tatão mexeu e virou que o pistoleiro acabou por aceitar a incumbência. E dava Tatão o moço dos votos como morto e despachado quando, certa tarde, pela boca de um amigo, Bentinho mandava pedir desculpas por ter de recolher a palavra dada. Não podia, por causa das letras da Bíblia, pegar mais nas armas. E o recadeiro fez ponto final na conversa com esta cortesia dos matos:

— Sou Sicarino Gomes, para servir o major, para servir sua vossa pessoa.

Aí o major pisou nas esporas. Ventou pela sala de jantar que ele mediu de um lado a outro com passo de cobra pisada. E com um soco na mesa:

— Por essas e outras é que Juribé da Boca do Mato não vai para frente. Não vai nem pode ir! Ninguém quer nada com trabalho. Ninguém!

# Com licença que eu sou do tango argentino

E de supetão o amor chegou para Benevenuto Cascadura, com negócio em Cordovil, dono da Mobiliária Moderna. Veio em forma de certa Mariângela Peixoto. Mariângela gostou dos sofás da Mobiliária Moderna e Cascadura gostou dos sofás de Mariângela. E de sofá em sofá casaram. Mariângela com certidão de idade de vinte anos e Cascadura quase entrando nos setenta. E quanto mais a moça subia, mais Cascadura descia. É que Mariângela era movimentosa — o vento não ganhava dela. Rebocava Cascadura para todo canto. Não havia festa e festinha a que não comparecesse de marido à frente. No dia em que Cascadura soltou iê-iê-iê nos salões do Recreativo Bandeirante, viram logo que era Cascadura para um semestre só. O guarda-livros Bembém de Melo, da Mobiliária Moderna, não teve dúvidas em garantir:

— Não vai ver o balanço do próximo ano. Não come castanha do Natal. Não come!

Foi nesse porém que Cascadura resolveu mandar vir de Niterói um sobrinho, moço moderno, de peito largo e cabelo caindo pelas ribanceiras. E passou ao cabeludo os encargos de sair com a moça Mariângela. E era rindo e esfregando as mãos que Cascadura comentava com os amigos:

— Não há como ter sobrinho novo. É um descanso. Dividi Mariângela com ele. O sobrinho ficou com a parte externa. E eu com a interna. O parente é de sala e salão. Eu sou dos travesseiros. Ele dança iê-iê-iê. Eu sou do tango argentino. Duas vezes por semana tiro a minha *La Cumparsita*. E vez por outra dou um *Mano a Mano* extra. É o que digo. Não há como ter sobrinho novo. É um descanso!

## Não casou e ainda ficou perneta

Lola, a cartomante, jogou as cartas na mesa e falou admirada:

— Sorte tua, homem! Vejo nas cartas amores e mais amores. O distinto ainda este ano vai casar com menina rica, que vejo num sobrado de esquina.

Licordino Arruda saiu das cartas de Lola diretamente para a Alfaiataria União, onde mandou cortar dois ternos de tecido de preço. E com o olho espetado no espelho:

— Quero paletó de cintura de macaco, lascado dos lados, feito asa de borboleta.

Em cima dos ternos de preço, Licordino iniciou o avanço sobre a menina Pepita Ribeiro, que morava num casarão de esquina. Como Arruda soubesse que o velho Sepúlveda Ribeiro, pai da moça e dono do Bazar Chinês, era presidente da Loja Maçônica de São Joaquim, combinou com um vendedor ambulante de bugigangas armar um desentendimento bem na porta do bazar, na hora que o velho Ribeiro estivesse presente. E no funil do ouvido do vendedor de gravatas:

— Te compro um samburá de mercadorias pelo serviço. Te monto uma loja.

Uma tarde, estando Sepúlveda Ribeiro na porta do Bazar Chinês, Licorino arrumou o maior bafafá rente dos olhos e dos ouvidos do pai do seu benquerer. E aos berros, de dedo no focinho miúdo do gravateiro:

— Perto de mim, seu cretino, ninguém desabona a Loja Maçônica de São Joaquim! Ninguém! A não ser passando pelo meu cadáver.

E para reforçar o argumento, largou a mão na cuité do vendedor de gravatas que foi cair na parte central da barriga de sete meses do velho Sepúlveda. Que por sua vez desabou sobre uma senhora de óculos. Que por sua vez espantou um burro que passava atochado de verduras. Que por sua vez largou um par de coices na pessoa do delegado Bimbim Teixeira. Que por sua vez deu um par de tiros na popa de Licordino. Que por sua vez não casou e ainda ficou perneta.

## Princesa oriental com direito a nu artístico

Chegou em casa no Realengo, tirou a fantasia de mucama da Marquesa de Santos e desabafou:

— Moscoso, em verdade não tenho marido. Aquele sujeito, nas suas barbas, garantiu que um elefante era mais bem apanhado do que eu. E a tua boca, Moscoso, não teve uma palavra, uma só de protesto! Vou mandar vir o mano José Gusmão de Barro Vermelho. O mano José sabe lidar com atrevidos. Por coisa de menor porte, por um fiu-fiu de rua, quase matou o anão Juquinha das Bicicletas. Fez o nanico botar dois palmos de língua para fora. Dois palmos! Que eu medi.

Jordão Moscoso, diante da imposição de dona Marcolina Moscoso, resolveu pegar o revólver e voltar ao baile dos Enfezados de Catumbi. E rolando o tambor da arma:

— Vou largar fogo nos chifres do atrevido! Pode ficar sossegada.

Foi e saiu no rabo da festa dependurado em dois acolchoados braços. E dias depois, de Santana dos Ventos, passava o seguinte telegrama para dona Marcolina Moscoso: "Manda teu mano desafrontar a honra da família porque troquei o revólver por uma princesa oriental com direito a nu artístico."

# Passaporte para Deus

Era Tutu Cabrito e jogava de boné. Em tarde de graça, com água benta nas mãos, não deixava passar nem assobio de lobisomem, que é o assobio mais maneiroso e fino jamais existido. Tutu era uma muralha. Vinha a bola e Tutu, só para avacalhar o coreto, tirava o boné, curvava a cabeça, fazendo rapapé. E a bola, como lulu de estimação, vinha morrer na ponta de seus dedos. No jogo contra o Fundão da Barra, time na ponta dos cascos, de nunca perder em vinte anos uma só vez, Tutu assombrou todo mundo — o padre, o delegado, o coletor federal e até o coronel Salema Alecrim, presidente de honra do Fundão F. C. E, como o pessoal da terra não encontrava modos e jeito de verrumar as redes de Tutu, o coronel, sacando de enorme regulamento devidamente acompanhado de enorme revólver, espichou a partida por quatro vezes. E Tutu, em pulo de macaco em roça de milho, segurava a bola pelos pés e pelo rabo. Foi quando um becão do Fundão F. C. pegou a redonda, veio vindo, veio remando, até que ficou a um beijo da cara de Tutu. Virgem Nossa! Era um sujeito de pernas de pilastra e peito de caminhão. E disparou aquele foguete que sacudiu o campo, a cidadezinha de Fundão, coisa que foi até sentida no Largo do Carmo em Cipó das Antas. Saiu aquela poeira de ninguém ver mais ninguém. E na hora que a poeira adernou, rindo e brincando com a bola nas pontas dos dedos, Tutu pulou de boné e com boca poucocasista brincou:

— Manda outra que essa não valeu, cambada!

Aí o coronel Alecrim não aguentou. Em passo militar, atravessou o gramado, chegou a bombordo de Tutu Cabrito e fez este pequeno discurso:

— Tu é de muita competência, negócio nunca visto neste mundo. Vai pegar assim no céu.

Tutu foi. Montado nos tiros do coronel Salema Alecrim.

# Ninguém compra o céu pelo crediário

Nonô Silveira e mais o major Rubirato Resende: quarenta anos de política, quarenta anos de desentendimentos. Nesse tempo todo e nem um bom-dia nem um boa-noite. Se Nonô aparecia municiado de bigode de ponta caída, Rubirato mandava levantar o seu, de ficar aquele par de chifres entre o nariz e a boca. Nonô comprava suas necessidades na Padaria Estrela. Rubirato nem passava na porta desse estabelecimento. Era partidário da Panificadora Dois Irmãos. Quando, pela quinta vez, o major segurou o leme da Prefeitura de Areão, por pouco não enforcou a Padaria Estrela nas cordas de suas leis e parágrafos. No mês em que Rubirato deixou a Prefeitura de Areão, a Padaria Estrela já estava com dois palmos de língua de fora. O major foi claro:

— Se dilato o tempo por mais uma quinzena, o pessoalzinho fazedor de pão abria falência!

O mesmo fez Nonô Silveira ao alisar, também pela quinta vez, a cadeira de prefeito de Areão. Largou tamanha cacetada na Panificadora Dois Irmãos que o estabelecimento vazou por baixo e quase foi a pique. E Nonô para a fiscalização:

— Vou largar tanta raça de taxas e inventismos de impostos que eles vão soltar pão pela chaminé!

E assim, de briga em briga, foram vivendo e foram morrendo. E na hora em que Nonô Silveira sentiu que seu tempo era chegado, pediu ao confessor de seus pecados, o padre José Ananias, para trazer o major à sua presença. E assim falou para aqueles quarenta anos de inimizade e desavença:

— Pois é, major, desculpe o incômodo. Mas é que a gente brigou tanto que não teve tempo de conversar. E o piormente, major, é que a gente brigou por um povinho sem-vergonha, uma racinha miúda e descarada como é o populacionismo de Areão. Na hora em que a gente brigava na política, Sinofredo Batista, com parte de puxar procissão, sempre de preto, muito ladainheiro e água-benteiro, devastava, da sala de visitas aos quartos mais adentrados, a família dos Norandes, de não respeitar nem a velha Niquinha Norandes, uma de pincenê que ficava fazendo crochê no fundo do Bazar Chique. E até o farmacêutico Serafim Pena, seu compadre, na sombra da proteção do major, deu um rombo tão avantajado nos cofres da Santa Casa de deixar o provedor Chiquinho Cunha, meu afastado parente, sem fala só de ver o rombão do desfalque. Uns calhordas, major! A gente brigou por nada, por um balaio de sem-vergonhas. E pena levo desta vida por ter perdido meu tempo e as amizades do major, que sempre foi homem de bem, sujeito de mãos limpas e coração aberto. E nem vou ter o consolo de encontrar o major no céu, pois tenho certeza de que encalho inteirinho no inferno, de botas e fita de presidente da Lira Conspiradora no peito.

O major Rubirato, pegando a palavra e ajeitando a cabeça de Nonô no fofinho do travesseiro, rebateu:

— Por isso não seja, amigo Nonô. Sou tão cativo de suas boas palavras que vou sair de sua casa e largar na Prefeitura de Areão um desfalque de sacudir a pedra fundamental do estabelecimento. E para garantir, de uma vez, minha entrada no inferno, de modo a lhe fazer companhia, vou dar no pé com menina de doze anos, para o pessoal cair no meu rastro gritando: "Mata o abusado, mata o lobisomem!" Com um desfalque de soltar fumaça pelos chifres e menina de leite a bordo, não tem aba de céu que aguente. Vou para o inferno sem carecer de passaporte, amigo Nonô.

O amigo Nonô sorriu, fechou os olhos e morreu. Feliz.

## Autoridade sem gravata é cascavel sem veneno

Relatório que o xerife Zuzu Leitão, competente e mal paga autoridade de Jacareíba do Alto, mandou aos seus superiores:

> *"Participo e comunico que o soldado Santinho Boa Morte deu baixa no serviço de prender e soltar para ser entregador de mercadorias do Bazar Vila Nova por não aguentar mais o mau pagamento do governo. A situação de minha pessoa é ainda mais gravosa, sabido que uma autoridade competente não pode andar sem a sua gravatinha e a botininha em dia com o lustro. Como não vejo a cor do ordenado vai para mais de meio ano, fiquei despossuído de força até para dar ordem de prisão a um gato vadio. Tanto que já empenhei, em mão de um tal Joaquim Sovina, a bicicleta com que praticava minhas rondas noturnas, bem assim como arrendei o pedrês de fazer prisões de mato adentro, pois o milho anda pela hora da morte e não vou sustentar cavalo de repartição pública estando com os meus ordenados em atraso."*

## Com um par de auroras e meia porção de luar faço uma canção

Passou a mão pelo topete e deixou cair sobre o referido seu melhor ponto de exclamação:

— Não é um topete. É um festival! Vai ser bem talhado assim na Conchinchina!

E Salamantino Calheiros, cobrador da Sociedade de Auxílios Mútuos, partiu para estraçalhar, com pedido de casamento, o coração da moça Estelita de Barros. Antes de pegar a rua, como reforço do topete, mergulhou os chifres do bigode num frasco de brilhantina e já preparava o lenço para receber meio balde da conhecida Loção Luso-Brasileira quando seu braço encalhou no meio do caminho. E Calheiros para Calheiros:

— Não exagera, homem! Vai acabar a família da pretendida desabando todinha em teus braços varonis, do dono da casa aos parentes de quadro a óleo. Calma, Calheiros! Devagar com o andor, bom Deus!

E partiu, sem a famosa Loção Luso-Brasileira, para o Méier, na direção do pedido de casamento. No Bar Alemão, de modo a esquentar o ânimo, bebeu uma talagada de mel de abelha com meio copo de Assobio de Cobra, do que resultou discussão sem pé nem cabeça sobre disco-voador misturado com assentador de moça. E entre uma talagada e outra andou de bicicleta sem saber e ainda sem saber cantou *O orvalho vem caindo* num comemorativo da rua Senhor dos Passos. E, movido a Assobio de Cobra e mel de abelha, fez discurso, no Centro Cívico União Faz a Força, sobre Olavo Bilac, sem saber nada de Olavo Bilac. E ainda foi velar um defunto na rua Senador Pompeu sem saber nada do defunto, a não ser que ficou noivo da viúva. Em seguida, com um negro urubu no ombro e uma panela de alumínio na cabeça, forçou a entrada do Teatro Municipal, onde queria, à viva força, cantar *Vereda tropical*. Impedido de expelir sua *Vereda tropical*, Calheiros voltou ao Méier para ancorar no Bar Alemão. Amarrotado do topete às solas da botina, mas orgulhoso, confessou ao dono do estabelecimento de beberetes:

— Digo uma coisa, amigo velho. Se meto a Loção Luso-Brasileira no lenço, como era meu intencionamento fazer, eu sacudia esse tal de Teatro Municipal pelo rabo. Botava todo mundo de queixo no chão. Porque *Vereda tropical* com Loção Luso-Brasileira de reforço é coisa de soltar estrelinha. Ninguém pode com a Loção Luso-Brasileira. É pior que surucucu na desova. É uma carnificina.

E dizendo isso, pendeu a cabeça e dormiu nos braços da Loção Luso-Brasileira.

# 2

# MATARAM MEUS SONHOS A PAU

# O PERIGO DE CARIMBAR FORA DE PRUMO

Anatólio Pereira levava toda semana uma resma de papéis para a Secretaria de Fomento. Chegava, apresentava seu amarrado e dizia:

— Veloso, hoje é coisa pouca. Só quinhentos requerimentos.

Veloso Codó, mal pago funcionário da Secretaria de Fomento, esperneava:

— Isso é um absurdo! É requerimento demais! Assim não há quem aguente!

Sentado em seu chá de espera, numa desengonçada cadeira da Secretaria de Fomento, Anatólio via o carimbo de Veloso descer com preguiça de baixo funcionário sobre os quinhentos requerimentos apresentados. Entrava mês e saía mês e as mesmas carimbadas, tristes e sem graça. Anatólio, imaginoso, resolveu cooperar com o governo: mandou fazer um carimbo e passou a carimbar por conta própria os papéis. Era carimbada de espatifar mesas. Com orgulho Anatólio afirmava:

— Simplifiquei o serviço. Largo o carimbo no pé do ouvido do papel que na mesma hora vira documento do governo. No ano que vem vou aumentar o negócio. Vou reconhecer firma a cinco mil-réis por penada.

Preso dois anos depois, no meio de uma carimbada, Anatólio comentou:

— Por essas e outras é que este país não vai para a frente! Eu até que devia ser recompensado pelo trabalho que poupei ao pessoal do governo e não processado como se fosse um reles ladrão de galinha. Nação ingrata!

## Com dois carretéis de curvas qualquer um derrapa

Fifi Saquarema estava morre não morre, vai não vai. Veio médico, veio conferência de médico, veio curandeiro e até sessão espírita veio. E Saquarema de barba escorrida no peito de 1905, olho vidrado, fazendo vestibular para cliente do Cemitério de Nossa Senhora de Nazaré. Dona Cacimbilda, cuidadosa esposa de Saquarema, foi chamada com urgência de sua estação de águas em Cipó. Chegou, sorriu e deu seu parecer abalizado:

— Só tem um modo de botar Saquarema de novo em pé. É arrumar moça bonita e largar de enfermeira na cabeceira dele. Sua sem-vergonheira mata a moléstia a pau.

Dito e feito. Colocaram para tratar do velho Saquarema menina tirada de capa de revista. Só de curvas tinha para mais de dois carretéis. Diante de tamanhos argumentos, o velhote Saquarema arribou. No segundo dia de enfermeira às ordens era outro, coradão, bonitão! E no fim da semana pulou da cama, foi para o espelho, passou a mão na viçosa barba, endireitou o camisolão de doente e falou assim para a moça enfermeira:

— A menina não quer dar um bordejo com este São Pedro aí pelas abas das nuvens?

Fifi Saquarema estava curado.

## Filhote de anjo não tem asa

Chegou em Monserrate de boné zebrado e disse que era especial em montar foguetes. Era Belarmedes de Araújo e falava em forma de gringo, pelo canto da boca. E na frente, aquele charuto que mais parecia uma tora de madeira. Bem jantado e sobremesado, foi para o Bilhar Oriental dizer que vinha montar em Monserrate o maior foguete do Brasil. E soltando grandeza:

— Vou mostrar quem é Belarmedes de Araújo de Icó da Boca do Mato. De manhã, em lugar de café, eu comia pólvora em tempo de criança. Agora vou sair montado em lombo de foguete. Todo mundo vai falar desta cidade. Todo mundo. Vai vir até o povinho da imprensa, racinha abelhuda que tudo quer saber porque mexerico quer fazer.

O comércio de Monserrate, nos braços do entusiasmo, municiou a peça de Belarmedes de um tudo: bandeira, bandeirinha, bandeirona, o retrato do falecido Santos Dumont, uma figa da Bahia para livrar o foguete de urubus e maus-agouros, um limpa-trilhos para evitar que a trapizonga extraísse penas de algum filhote de anjo desgarrado pelo céu, bem assim como o busto em tamanho graúdo da mulher do prefeito de Monserrate, dona Uruguntina de Azevedo. O busto era assim explicado por Belarmedes:

— É para o povo da Lua ver o horror cá debaixo. Ver dona Uruguntina de bigode e cara de engomador elétrico.

Montaram o foguete na praça do Rosário com data marcada para subir pelos ares. E quando a data chegou, um domingo embrulhado em chuva, também chegou Belarmedes de charuto e com o anão Joãozinho Pau de Amarrar Cabrito debaixo do braço. Relatou não poder subir por estar afrontado de asma, pelo que botava em seu lugar o nanico mediante trezentos mil-réis e mais uma vitrola velha, um chapéu de mocinho de fita de cinema, um revólver sem gatilho e uma gravata-borboleta. Dito isso, encastoou Joãozinho no lombo do foguete. Depois, com mão perita, largou o charuto na cauda do rojão, que bufou, soltou estrelinha e subiu. E estava aquele amontoado de gente dando vivas ao foguete quando a inventoria de Belarmedes, em curva maluca, voltou em modo de cachorro danado na direção da praça do Rosário. Isso feito, entrou pela Barbearia Almeida, saiu pelos fundos, ganhou o largo do Capim, destroçou o Bazar Dois Irmãos, danificou a tabuleta do cartório de Bembém Cruz, ministrou um rabo-de-arraia na professora Daulacídia dos Reis, chamuscou a cauda de um burro, deixou desacordado um tal de Jonjoca de Melo e levou pelos ares uma carrocinha de pipocas que transitava pela rua da Praia. E mais não fez porque perdeu a pólvora e apagou. Do anão Joãozinho Pau de Amarrar Cabrito nunca mais ninguém soube notícias. Nunca mais.

## A importância de usar óculos

Com um canudo debaixo do braço, óculos e terno preto, chegou em Santo Antônio dos Currais e alugou casa vistosa na rua da Misericórdia. Feito isso, mandou botar na porta, em letra de relevo, nome e ofício: Ramos Calheiros, médico geral. E na sala de consultas, em lugar destacado, com fita vermelha, o canudo da doutorança. E durante dois anos Calheiros, na proa de sua maleta, arrumou tanta doença a cinco mil-réis por cabeça que foi um disparate. Não escapou de seu ouvido especializado nem o mais largo peito de Santo Antônio dos Currais, um tal de Juca Candó, que saiu do consultório de Ramos Calheiros de cabeça caída, já na beira da sepultura. Vendo Juca assim tão por baixo, tão no rodapé, um amigo quis logo saber que doença tinha ele pegado. E Juca:

— O tal de repuxamento do vazio de braço dado com inchação na sacola das partes baixas.

Só de olhar por trás dos óculos o doutor sabia a causa que minava o padecente. Quando o cristão não tinha nada, Calheiros apresentava parabéns, mas avisava:

— O amigo tem coisa de pequena monta. Catarro de nascença, que pode ser desobstruído em duas consultas de cinco mil-réis.

Choveu dinheiro no bolso de Calheiros e mazelas no pessoal de suas receitas. E quando não teve mais jeito e modo de cavar ouro na mina de Santo Antônio dos Currais, por ter chegado uma seca de murchar trilho de linha, Calheiros fez as malas e nem retirou seus pertencentes da casa da rua da Misericórdia. Foi embora na fumaça da manhã para lugar incerto e não sabido. E no dia em que arrombaram a porta do consultório, meio mês depois, foram encontrar, dependurado na parede, em jeito zombeteiro, o canudo de sua medicina. Que nem era de medicina coisa nenhuma. Era um diploma de sócio benemérito da Liga dos Bons Costumes de Bacaxá do Imbé. Rindo em sua fita vermelha.

# Doutor, só formado pela flora medicinal

Entrou em Guriri das Cruzes com fama de doutor adiantado. E como doutor adiantado, moderno de roupa e de cabelo, Belinho Santos cravou consultório e anunciou na Associação Comercial uma conferência sobre a anestesia. Era a primeira vez que a boa cidade de Guriri das Cruzes ouvia falar em tão altas cavalariças medicinais. O major Totônio Dantas, enquanto media fazendas no Bazar Estrela de Bagdá, disse desconfiado:

— Essa tal de anestesia deixa o padecente desfalecido por tempo sem conta. Meu compadre Chico Esteves, que mora em São Gonçalo de Niterói, pegou uma anestesia de caráter tão daninho que já saiu da unha do doutor adquirido de barriga-d'água.

Foi a conta. Logo a cidadezinha de Guriri das Cruzes, de ponta a ponta, ficou contra a anestesia do dr. Belinho Santos. Dona Miocardes Chaves, com aquela dentuça de limpa-trilhos, deu o alarme:

— Esse doutor quer desfalecer a gente e depois abusar das partes virtuosas de nossa pessoa. Vou comprar garrucha de segurança.

Assustado, o moço da anestesia correu para a Farmácia Araújo, onde foi depositar nos ouvidos de Tobias Melo, boticário de suas receitas, o sucedido com ele e sua conferência gorada:

— Amigo Tobias, não sei que fazer.

Tobias ouviu e respondeu:

— Doutor, o povo de Guriri das Cruzes anda escaldado com gente da medicina. O doutor Juquinha de Almeida, com dois dias de consultório, fugiu levando a mulher do delegado Pimpim Castanheira. Veio depois o doutor Bragança de Araújo e quase estraçalhou os cofres da Santa Casa com dois desfalques de abalar o edifício. Não contando com o doutor Silveira Calixto, que devastou a donzelice da praça de não restar uma só menina capacitada para arcar com véu e grinalda. Mas o pior de todos, o mais danificador, foi Gumercindo Pena. Veio com parte de hipnotizador, pelo que montou consultório na rua da Praia e começou a extrair coisas do pessoal de Guriri das Cruzes. Hipnotizou relógios, brilhantões de caroço de milho, moça solteira, guarda-chuva de cabo de ouro, o anelão do major Nico Rosa e um amarrado de dinheiro do coletor federal Bembém Tavares. E uma noite, no Teatro Santa Bárbara, deu um hipnotizamento geral, negócio forte de apagar as luzes. Aí não teve cabimento a hipnotizagem de Gumercindo Pena. Atraiu até a dentadura de ouro de dona Cocota Reis e mais um brilhantão da viúva Acácia de Rezende, coisa vistosa, que vinha no dedo dela desde o tempo dos barões. E no arremate, na hora de sair, Gumercindo levou a menina Mariquinhas Paió, uma de guarnição de frente vistosa, de nunca mais ser vista ou dela alguém ter notícias. Só teve um beneficiamento o despautério de Gumercindo Pena. Acabou com a papeira da mulher do promotor público, dona Inacinha Bentes, uma coisa horrível que mais parecia toalha de boi. Por essas e outras, doutor, é que o povo de Guriri ficou cabreiro com médico moderninho e agora só quer doutor formado pelo Almanaque Cabeça de Leão.

Belinho ouviu o conselho do boticário Tobias, pelo que deu meia-volta volver em sua medicina, vestiu fraque, tomou uns sintomas de baú velho e desandou a receitar coisas antigas. Inundou Guriri das Cruzes com poções e purgativos. De duas em duas horas.

# O maior espetáculo da terra

Carta de Mindoca Pereira, professora de letras, para uma prima de Alagoas:

*Aspergilda, não lhe conto nada. Deu em Aroeiras uma francesada da Companhia de Variedades de Marselha que foi um pé de vento. Uma pouca-vergonha de dar na vista. Basta dizer que o capitão Guarabira de Alencar, aquele que deu baixa por causa de Getúlio, sempre muito sério e fardado, puxando procissões ao lado do dr. Paixão Cunha, foi o primeiro a mostrar do que era forrado. Fugiu com uma tal de Zuzu, que andava no arame, enquanto seu amigo Cunha caía no mundo com uma descarada de nome Suzette. Mas, prima, a pouca-vergonha não parou nesse ponto. Logo depois, no segundo espetáculo da companhia, o sem-vergonhismo do prefeito Secundino de Matos veio aos borbotões, de sair pela boca e pelos ouvidos. Abandonou os administrados dele com um saco de dinheiro tirado das obras públicas e, dentro do saco, uma tal de Mimi, que tirava a roupa na vista de todo mundo. E até o velho Pascoal Carambola, afetado de barriga-d'água, arranjou de fugir com a costureira da companhia, uma gordona de dente de ouro e cara de cartomante. E, fechando o vexame, o sem-caráter do meu marido, capenga de nascença, não tendo mais o que arrebanhar, fugiu com a anã que tomava conta dos cachorrinhos. Um adulterativo nunca visto. Chegado em Araras do Fundão, o anãozista mandou dizer para seu com-*

*padre Lindolfinho Guedes que ficou com aquele meio quilo de gente por ser capenga e ter chegado tarde, pois o que ele queria era a moça do arame. O pior, prima Aspergilda, é que eu, sem saber de nada, costurando minhas costuras em casa e cuidando dos meus alunos, na maior honestidade, só vim a saber dessa desgraça quando não tinha mais o que escolher na praça. Mesmo assim, fiquei com o domador de leão. É careca, bigodudo, barrigudo, mas dá as suas chicotadas.*

# A noite fantástica do funcionário João Fraga

Alicinha Pena derramou dois litros de esperança no ouvido de João Fraga. Neste jeito encantado:

— Janjão, vai haver um comemorativo no meu apartamento de Ipanema. Depois dos comeretes e beberetes, a gente acerta as contas. O pessoal vai embora e é no sozinho que eu quero conversar contigo. Te prepara, Janjão, que vai ser negócio de fraturar os candelabros.

Fraga, pacato funcionário das Rendas Mercantis, sem prática para enfrentar convites dessa bravura, começou a fomentar a coragem logo de manhã. Enxugou várias tinas de cerveja e desbaratou, em batalha campal, meia garrafa de conhaque. E ficou tão atilado que deu em cima de uma velhota na rua do Ouvidor. A velhota protestou, e Fraga baixou a língua na velhice dela:

— Vai pentear macacos, vovó. Se o dr. Fraga gostasse de pelanca, vinha de urubu.

Quando chegou na festa de Alicinha, logo na porta, avisou:

— Está chegando o Fraguinha das meninas. Quem tiver suas donzelices a cuidar que se cuide. O dr. Janjão é pimenta no organismo.

E desandou a beijar todo mundo, velhos, novos, bigodes e damas. O beijo que deu na direção da viúva Moscovo quase desatarraxou a dentadura da virtuosa senhora. E Fraga, rindo:

— E não apliquei o tipo desentupidor de pia, que esse é devastador. Em Nova Iguaçu, quase matei dona Ricolina de Melo com uma beijada desse calibre. Saiu para o Hospital Santa Terezinha com beiços de nove meses. É o que eu digo. Janjão Fraga é pau de dar em maluco.

No dia seguinte, com a cabeça maior que o mundo, Fraga telefonou para Alice Pena:

— Licinha, quem fala é o Fraga.

Do outro lado do falador Alice acionou o gatilho:

— Seu cretino, seu abusado! Que pensa que minha casa é? Malcriado, sem-vergonha.

E desligou. Fraga, com esse caco de vidro na cara, ficou atordoado. E ligou para Lobato de Sousa, que esteve na festa do começo ao fim:

— Lobato, me diga uma coisa. Que foi que eu fiz para Licinha estar de cobra contra mim? Me diga, Lobato.

Lobato, rindo, relatou o que houve e o que não houve. O caso é que Janjão, depois de fazer dois discursos e arrasar, num deles, o Dia do Índio, subiu na aba de uma janela para cantar boleros. Só o tal de *Babalu*, Janjão Fraga repetiu doze vezes. Foi *Babalu* tanto de sair pelas portas e corredores. Mas Janjão não ficou nisso. Segundo o relato do amigo Lobato, destratou o desembargador Guedes Frazão, um senhor de respeito, que dançava valsa com a menina Clodomélia Peixoto. Depois do que avançou sobre o quarto de Alicinha para beber, na vista de todo mundo, dois vidros de extrato e comer um pote de creme. E só abrandou um pouco quando a luz deu defeito e ele, Janjão, gritou que era eletricista formado:

— Deixa que eu quebro o galho, deixa!

De acordo com o dizer de Lobato, Janjão levou um choque de ficar desacordado, esguichando bebida pelos furos do nariz e pela boca. Mais logo voltou com todo gás. Tão sobre o inflamado que comunicou, de copo em punho, seu próximo casamento com a dona da casa. Segundo ainda o relato do amigo Lobato, o comunicado foi curto e rombudo. Assim:

— E não pensem os distintos que vou encalhar a vida toda nessa cara de remarcação de Alicinha. Que esperança! Caso e remeto para o organismo dela o maior balde de veneno que encontrar na praça. Alicinha vai tocar harpa no céu ainda no presente semestre.

Depois de ouvir tão mimoso relato, Janjão Fraga pensou deitar fogo às vestes. Mas não deitou.

# Ninguém toma chá em panela de pau

Taveira de Melo chegou na Divisão de Arrecadação e disse:

— Vim pagar as taxas.

De trás de uma barriga bem criada, de lápis na orelha, pulou um sujeito que olhou Taveira de alto a baixo para perguntar pelo requerimento:

— Trouxe?

Taveira disse que não. E o homem do lápis na orelha:

— Nesse caso, volte em termos. Sem requerimento não pode haver despacho. Sem despacho não pode haver a competente guia e sem a competente guia não pode haver o necessário requerimento. Sem requerimento não há progresso. É o caso do Indostão. Murchou desde que aboliu o requerimento.

Taveira fez um requerimento, dois, três, quatro, uma dúzia deles. Quando cruzava os corredores da Divisão de Arrecadação os funcionários cochichavam:

— É o tal careta que quer pagar as taxas antes do prazo.

Durante dois meses Taveira não fez outra coisa. De papel em punho andou de mesa em mesa, de sala em sala. Até que lá uma tarde, certo Bentinho Chaves, baixo funcionário que transitava sempre com pilhas de requerimentos no desvão do braço, chamou Taveira para um canto e jogou em seu ouvido este conselho:

— Distinto, o encarregado das taxas só vem nesta repartição de seis em seis meses. Delegou poderes ao Abrantino Seabra, o Seabrinha da 4.ª Diretoria de Arrecadação. O Seabrinha, por sua vez, delegou poderes ao Aristeu Cunha, que passou rapidinho a incumbência para Pestana Barroso, um de cavanhaque e bigode, que vive falando de Rui Barbosa pelos corredores. O Barroso, por falta de tempo, passou seus poderes para Almeidinha Alves, um cabeçudinho metido a anão. Deu em cima de uma empregada em Brás de Pina, pelo que levou o maior bofetão desse semestre, de ficar com a lataria da cara amassada em vários compartimentos. Enquanto não desamassar, responde pelo expediente um tal de Pepito Crispim, da Farmácia São Salvador. Corre na botica para pegar a carimbada das três horas, que depois disso Crispim vai pescar cocoroca de só reabrir a carimbação no rabo da tarde. Vai com Deus que dentro de dez anos tua taxação fica em dia.

## Se o mundo vai acabar faça um ofício e peça prorrogação de prazo

E quando o tabelião Porciúncula Arruda soube que a cidade de Xeroquém dos Índios estava em fumaça de guerra, todo mundo dando em todo mundo, esfregou as mãos, fechou os livros de registros e partiu na direção da rua das Andorinhas para gritar na porta da viúva Gusmão:

— Dona Dorontina, o mundo está acabando! É aproveitar a vida nos estertores dos últimos capítulos, dona Dorontina!

Mais que depressa dona Dorontina correu para o retrato do falecido, todo de preto e com a fita de provedor da Santa Casa no peito, ficou de mãos postas e disse:

— Perdão pela ofensa, Gusmão. Mas o mundo vai acabar e não vou perder esse faturamento final.

Pegou a mala, encastoou seu bem-torneado alisador de sofá na garupa do cavalo e sumiu com o escrivão para matos baldios. E o mundo não acabou.

# O maravilhoso no bolso de seu colete

E na justa hora em que o mágico Pepito Mendes, errando a calibragem, em lugar de pombinhos de cartola soltou diante da seleta e educada assistência de Guaru das Cruzes aquele nojento par de urubus, o major Memé do Couto levantou a voz:

— Isso é um deboche! Esse afrontamento tem de ser varrido a pau. O mágico está querendo rebaixar o ilustrado povo de Guaru das Cruzes.

Desligaram a luz e houve uma lavoura de pau na cabeça de todo mundo. O mágico Pepito Mendes, logo de saída, subiu de foguete, ganhou as lonas mais altas do circo e sumiu no céu estrelado de Guaru das Cruzes. Só restou do seu encantado porte uma fumacinha que parecia dar bananas para o pessoal da terra. E nesse meio-tempo o cacete trabalhou no varejo e no atacado, pelo que dona Gerundina Melo, mestra aposentada, adquiriu uma porretada tão daninha que deu para ver o Arcanjo São Gabriel dependurado na aba de uma nuvem. Já nessa ocasião o dr. Lacavinha de Almeida, ilustrado promotor público, botava para fora um vidro de magnésia bisurada e mais um recibo de sócio remido da Beneficência Portuguesa. E Josito Ribeiro, alfaiate e orador da Banda 21 de Abril, a poder de cacetada fez o mais mimoso número já visto em qualquer circo de cavalinhos do mundo: andou no arame de cabeça para baixo levando nas botinas um jarro de flores, um par de gatos, um anão, três macacos e duas dúzias de ventarolas. E Pereirinha Guedes, cobrador de impostos, recebeu, nessa chuva de pauladas, tão espevitado pescoção que varou toda a cidade de Guaru das Cruzes para sumir pelas comarcas ribeirinhas. Para acalmar os ânimos soltaram a onça do circo de cavalinhos. Coitada dela! Ficou desmaiada com um soco de oitenta pontos e cinco carretéis de esparadrapo. Só houve um benefício em todo esse desentendimento. A viúva Sonofrida Manhães ganhou um sopapo tão medicinal que perdeu a papeira e aprendeu a andar de motocicleta. Era como ela mesma dizia:

— Remocei vinte anos na ponta desse bofetão. Agora sou outra. Estou até com ideias de desenviuvar.

Meses depois, o capitão Tutu Reis, que a tudo assistiu entrincheirado por trás de umas cadeiras, dando de cara com o mágico Pepito Mendes em São José das Ventanias, cumprimentou o soltador de pombinhos pelo nunca visto número que praticou em Guaru das Cruzes. E admirado:

— Nunca mais vou ver coisa igual. O amigo parecia um rojão. Um foguete de fraque e cartola.

E Pepito Mendes:

— Parceiro, a paulada que levei no dedão do pé fazia até um caminhão criar asas. Mas o pior, parceiro, aconteceu com o anão Juquinha Labareda, um que no circo soltava foguinho pela boca. Foi contaminado por uma porretada de tal feitura que até hoje está rodando pelo céu. Enquanto durar a gasolina da porretada Juquinha não desce. Por muito tempo vai ter anão nas nuvens. Por muito tempo, parceiro.

# O amor nosso de cada dia

E sem aviso, na asa do outono, voltou aos dias antigos. Era de novo Jubertino Couto, dos Couto de Santarém do Brejal. O pai, na varanda da casa, passando a mão pela barba, dando ordens curtas e grandes. E ele no lombo de um pedrês especial, cavalinho de perna ligeira mais que o vento. E no céu a fumaça do São Diogo, engenhão que só faltava falar. Muito açúcar jogava no mundo a boca do São Diogo! Um dia veio moça professora para professorar a meninada de Santarém do Brejal. Tinha uns servidos abundantes, braços bem talhados, cintura de funil. Jubertino ficou atarraxado por tanta coisa bonita. Nem mais cuidou do pedrês, seu cavalo veloz. Só pensava nos utensílios que moravam por baixo dos panos da moça professora. E sobre isso e sobre mais aquilo muitos ventos passaram. A mestra de letras casou num domingo e sumiu numa segunda-feira para nunca mais. E a vida rolando. Certa noite o engenho adoeceu, tossiu e morreu. E a boca do vento soprando meses e anos. Soprou tanto que jogou o moço de engenho numa repartição de papéis, já de caneta na mão, rendilhando ofícios: "Apresento a V. S.ª os protestos de elevada estima e distinta consideração." E agora, de supetão, enquanto dava parecer sobre empréstimos agrícolas, seus dias de menino voltavam de corpo inteiro. Riu ao ver de novo a fumaça do São Diogo fazer bobagem no céu, figurar mulher nua no algodão das nuvens. Já entrava ele, Jubertino Couto, dos Couto de Santarém do Brejal, pelo canavial quando a voz do dr. Saraiva de Almeida, subchefe da Seção de Empréstimo e Ajuda à Pecuária, cortou a viagem no meio. Com esta tesourada:

— Seu Couto, tenho urgência nesse despacho. Deve subir ainda hoje à consideração superior.

Jubertino deu uma cambalhota e voltou ao tempo presente. Novamente Jubertino Couto, amanuense do Fomento Agrícola, carimbador de papéis e despachador de requerimentos: "Aproveito o ensejo para apresentar a V. S.ª os protestos da mais elevada estima e distinta consideração."

# Em rio de piranha macaco bebe água em canudo

Com o olho estilhaçado e o nariz empenado a socos, deu entrada na Farmácia Santa Marta, em Curupati do Arrozal, um certo Nequinho Pires. Aconteceu que Nequinho saiu de parceirada com seu compadre Chico Araújo para um mafuá do largo do Retiro. Foi nesse entrementes que encalhou perto de Chico uma mulatona de lindos apanhados, com dois alpendres de macios confortos. A língua de Chico, depois de pular dentro da boca em jeito de chocalho de cascavel, varejou no ouvido da moça umas sinalefas que ela não apreciou. Logo apareceu um boiadeiro para limpar a honra daquela natureza bem lançada. O sujeitão, que parecia um carro de boi cruzando com trem de ferro, já entrou soltando fogo pela folga do dente de ouro:

— Vou dar um educativo nesse deletério.

Rapidinho, Chico, meio encolhido por trás de Nequinho Pires, disse:

— Compadre, passo para seu encargo esse responso e se tu apanhar pensa que sou eu que estou apanhando. São Lifôncio que te ajude, compadre.

Não teve São Lifôncio que ajudasse Nequinho. Logo no primeiro foguete que tomou, voou nariz, voou óculos, voou boné de Nequinho e atrás desses pertences seguiu Nequinho levando na mão a carteira de sócio remido da Banda 21 de Abril. Desfalecido ficou Nequinho por entre esparadrapos e sanativos na Farmácia Santa Marta. Quando voltou a deliberar, a primeira pessoa que viu foi seu compadre Chico Araújo, que olhou os estragos, fez o sinal da cruz e falou:

— Virgem Nossa! Como eu apanhei!

Afundou o boné na cabeça e foi embora.

## Uma figa só não faz verão

Dagoberto Falcão, por motivo de devolver um par de bofetadas que recebeu do cabo Honorato Grande, procurou os serviços de Neném Cabiúnas, macumbeiro com negócio aberto na rua da Prata, em Itajaí do Monte. Inteirado das necessidades de Dagoberto, o especialista sumiu na fumaça do cachimbo para voltar do fundo do seu negro covil munido de uma baita figa para uso e gozo de Dagoberto Falcão. E no brinco do ouvido dele, em tom de segredo:

— Foi preparada dentro dos conformes de São Cipriano. A madeira curtiu no luar de muitas luas. É figa de segurança, coisa de muitos poderes, meu filho. Vai municiado dela que não tem força de dragão ou corisco do céu mais valente.

Dagoberto, confiado na figa, soltou o ventilador do braço na focinheira do cabo Honorato em plena praça das Verduras. O braço de Dagoberto, em forma de pá de moinho, fez o diabo: desmantelou um jacá de manga, esquartejou um tabuleiro de mariolas; arrebentou o toldo da Casa Pavão e deixou meio estilhaçado das ideias um certo Joãozinho Codó, entregador de pão. E não contente, o ventilador de Dagoberto espatifou, em prejuízos de contos de réis, os vidros da Sapataria Almeida. Quando o soco de Dagoberto perdeu a corda, o cabo Honorato aproveitou para largar um desmonta-orelha bem no pé do ouvido do protegido de Neném Cabiúnas. Dos braços dos amigos Dagoberto caiu nos braços da Farmácia São Sebastião. Ao deixar a botica e seus curativos, debaixo de quilos de algodão e metros de gaze, o nariz de Dagoberto Falcão parecia um edifício. E foi assim, montado em tromba de elefante, que o avariado foi reclamar de Neném Cabiúnas:

— Seu Neném, antes fosse só do que mal acompanhado por essa figa desmoralizada. Veja em que estado fiquei.

Mas quando Neném Cabiúnas soube como Dagoberto tinha procedido em relação ao uso da figa, botou a mão na cabeça para dizer:

— Tu é maluco, sujeito. Tu não agitou a figa? Pois tinha que agitar. Figa é como remédio. A gente tem que chacoalhar para a medicagem ganhar força, pegar substância. Foi por não seguir meus conselhos que Diomedes Pestana foi apanhado em flagrante delito de roubalheira na Prefeitura de Itajaí do Monte. Se agitasse a figa dele, como estipulei, até hoje estava dilapidando os cofres públicos. Até hoje!

E encerrou o assunto.

## Apanhou os cacos da cara e foi embora

O dr. Azeredo Portilho, aposentado da Justiça, arrastou seus setenta anos de despachos e arrazoados para junto da mesinha da bela Clara Prates, datilógrafa da Secretaria de Obras, para pedir:

— Dona Clarinha, largue um tapa nesta minha cara do tempo das ventosas, por favor. Largue, dona Clarinha!

A bela datilógrafa achou graça e foi em espaço dois que respondeu ao velho Portilho:

— Ora, dr. Portilho, não faça um pedido desses. Não vou danificar um monumento histórico. Quem sou eu!

E Portilho:

— Duvido, dona Clarinha. Duvido que não solte a mão na minha cara depois do que vou soletrar na pontinha do seu belo ouvido.

E Clarinha rindo com todos os dentes de sua boca bem talhada:

— Aposto que não, dr. Portilho.

Já de vela solta, o velho firmou os óculos no tombadilho do nariz, curvou os setenta anos bem junto do ouvido da moça da Secretaria de Obras, para levar o maior bofetão já transitado pelas imediações. E Portilho apanhando no chão os óculos e o guarda-chuva:

— Eu não disse? Tenho experiência. Conheço Azeredo Portilho como a palma de minha mão. Só faz besteira. Vai acabar tomando tapa como quem toma poção. De duas em duas horas.

Apanhou os cacos da cara e foi embora.

## Todo escrivão de cartório tem seu registro de mocinho

A sesta das duas horas dormia nos braços da cidadezinha de Santa Fé do Pió quando apareceu, na boca do largo do Capim, o pedrês de Pepito Sanches, e em cima do pedrês, de carabina no ombro, o próprio Pepito Sanches. Que medão! Santa Fé do Pió meteu o rabo entre as pernas, corcovou e mais afundou em sua sesta das duas horas. E Pepito Sanches de berrador aceso:

— Povo sem-vergonha de Santa Fé! Acorda que Pepito Sanches quer aguardente de alambique, dinheiro no bolso e menina bonita nos travesseiros. Como sou piedoso, abro do direito de só querer moça donzela, por causa que sou sabedor que nesta praça não tem uma só para remédio.

Desaforo desse calibre não podia ficar sem pronta resposta. Mas Santa Fé do Pió, de rabo entre as pernas, ainda mais afundou em sua sesta das duas horas. E Pepito, com todas as repartições da carabina atochada de balas, pronta a desovar chumbo, berrava:

— Em que buraco de tatupeba entrou o pessoal de calças deste ninho de ladrões que não vem trocar bala comigo? Quero inaugurar ainda na presente tarde o quarto morrente do dia. Quem vem?

Foi quando o ajudante de escrivão Santinho Gomes, depois de deixar seu trabalho de lavrar escrituras, apontou na rua do Bispo arrastando pesado livro de cartório. Veio vindo, veio capinando, até que passou raspante de Pepito, estabelecido com carabina e faca de ponta no largo do Capim. Nesse passar, Pepito liberou um tiro que chamuscou o livro das escrituras de Santinho Gomes. E no deboche:

— É bala de aviso! Sem o competente consentimento nenhum vivente pode trafegar no distancial de dois metros de meu redor. De que falecimento o mocinho do livro quer falecer? Na força de bala ou no aço de faca de matar porco?

Como resposta, Santinho varejou o livro das escrituras bem no beiçal de Sanches, que perdeu o prumo no preciso momento em que um pontapé do escriturário assentava praça bem na raiz do seu vazio. Caído de borco, valentia esparramada pelo largo do Capim, ficou Pepito desfolhado por cima do meio-fio. Em mil pés Santa Fé logo pulou dos braços da sesta para louvar a valentia do cartorário. E era quem mais gabava a coragem de Bentinho Gomes. O mestre da Banda Lira da Independência, de cima do coreto do largo do Capim, avisou:

— Vai ter retreta em louvor de tamanho heroísmo. Vou dilapidar os metais da Lira da Independência dando expansão ao meu mavioso dobrado intitulado *Estrela d'Alva*. O moço merece.

E no escarcéu dos vivas e abraços, de não caber Santinho em tantas encomendas, apareceu aquela cintura afunilada, de delicados mimosos, que rapidinho o escriturário rebocou para lugar seguro e sossegado. E já preparava a mão perita para escamar tão lindos achados quando alguém bateu em seu ombro:

— Distinto, a fita acabou. Acorda que a gente vai fechar o estabelecimento.

Na porta do Cine Guarani, em cartaz pregado na parede, Pepito, el Matador, ria em mexicano. Por motivo do grande livro de passar escrituras que Santinho Gomes arrastava pelo largo do Capim.

## Dois quilômetros de primavera na vida de Cajuca Nepomuceno

Os 78 anos de Cajuca Nepomuceno chegaram em casa e avisaram:

— Meninos, vou casar de novo. Vou lubrificar esta minha viuvez em óleo de moça nova.

Quando os meninos, com o moço Nonô Nepomuceno à frente, protestaram, o velho largou a mão na mesa e falou indagativo:

— Seu Nonô, teu padrinho Jonjoca Mendes não tomou estado em idade avançada e não largou no mundo uma resma de jonjoquinhas de deixar minha comadre Belinha Mendes escadeirada na flor dos 20 anos? Que tem o compadre mais do que eu? Que tem?

Os filhos de Nepomuceno viram que era perder tempo, que o velho casava de qualquer modo, pelo que apelaram para o capitão Navarro Reis, unha e dedo com Nepomuceno. Quando o capitão soube das intenções do compadre, botou a mão na cabeça:

— Nepomuceno está maluco. Nepomuceno perdeu o tino, coitado! Que vai fazer o compadre em cama de moça nova? Vou falar com ele hoje mesmo.

Foi. Vestiu a casaca de intendente da Prefeitura do Jaguarão do Alto e mergulhou, durante um par de horas, na conversa casamenteira do compadre Nepomuceno. E ao sair, enquanto ajeitava a aba da casaca, disse para a filharada do amigo:

— É assunto muito delicado. Tem de haver ponderação. Muita ponderação, meninos!

No dia seguinte, um sábado, o capitão saiu com Nepomuceno para Pedras dos Frades, onde morava o benquerer dos 78 anos do velho amigo. Foi, viu e voltou. E de noite, procurado pelo moço Nonô Nepomuceno na sua casa da rua da Praia, o capitão foi franco:

— Está tudo decidido! O compadre casa com dona Doroteia e eu, que sou mais velho, caso com dona Edigardina, que é a mais entrada em idade. Está na flor dos dezoito.

E feliz, debruçado no ombro de Nonô:

— E se o menino quiser ir nas águas da gente, tem ainda uma de resto, coisinha de encomenda, seu Nonô. Cada platibanda que só vendo! Está tinindo nos doze anos. Se o governo permitisse, eu tomava estado com as duas. Ou mais, seu Nonô! Com as três!

Deu um puxão na gola do paletó e saiu cantando "Meu boi morreu que será de mim".

## Sonho morto a cacetadas de bacalhau com batatas

Era de cintura fina. Um alfinete não ganhava de suas medidas. Tão fina e leve que recebeu, de mão beijada, um sonetão de primeira página do *Rebate*, coisa de esmerado acabamento, em que o menestrel, o farmacêutico Sinofrildo Feitosa, comparava a cintura de Anabela Moscoso a sonho de uma noite de verão. Com o tempo, o sonho casou. E com o tempo, o sonho engordou. Engrossou tanto que o tabelião Carrazedo Cruz, que matrimoniou com a cintura de Anabela em 1922, apelou para o álbum de família de modo a ver que lavoura sem jeito o tempo havia plantado nos vales e curvas da dita Anabela. Retirou do gavetão uma fotografia em que aparecia a cinturinha de soneto de que falava Sinofrildo Feitosa pela boca do *Rebate*. Olhou, remirou e disse:

— O sonho foi morto a cacetadas de bacalhau com batatas.

E rasgou a fotografia.

## À SOMBRA DAS VÍRGULAS EM FLOR

Olibório Bastos era louco por vírgulas. Escrevendo nas páginas de *O Arauto*, era aquela virgulação sem fim, uma atrás das outras, em jeito de formiga carregadeira. Falando, em seus improvisos da praça da Aclamação, era a mesma coisa ou pior. Confessava para quem quisesse ouvir:

— Vírgula é comigo! Nem o presidente da República coloca vírgula melhor que eu. Não perco uma!

Certo domingo, por ocasião da visita do governador Pires de Melo a Santo Antônio do Freixedo, Olibório Bastos foi incumbido de saudar o ilustre visitante em nome do Partido Radical. Entrou de vírgula na boca:

— Senhor governador vírgula fui honrado pelo Partido Radical para vírgula em nome dessa gloriosa agremiação vírgula saudar Vossa Excelência que vírgula descendo dos seus inúmeros quefazeres vírgula veio até nós para um convívio de perfeita amizade ponto.

Choveu vírgula no discurso de Olibório Bastos. Para não ficar atrás em assuntos de vírgula, o capitão Azeredo Mendonça, representante do Partido Republicano, pediu a palavra e disse:

— Senhor governador vírgula tenho a grande honra vírgula de saudar vírgula Vossa Excelência nesta hora vírgula em que vírgula a cidade de Santo Antônio do Freixedo vírgula hospeda vírgula honrosamente vírgula o ilustre governador Pires de Melo ponto.

Em assunto de vírgula, o Partido Republicano venceu seus adversários. Por oitenta vírgulas a mais.

# O progresso ancora em Pipeiras de Santana

Pela cara mal lavrada do sujeito, cachimbo no canto da boca e pasta debaixo do braço, viram logo que era cobrador do fisco. Reberaldo Carijó saiu em pé de paina e foi botar o trombone na rua:

— Tem cobrador de impostos na praça. Vi quando retirou da maleta um ferrinho contaminado de dentes, coisa de lascar a popa do povinho que não puder arcar com a responsabilidade das pagas. É bom avisar o major Nequinho Rosa. Ninguém para lidar com o povo do governo como Nequinho Rosa.

Em pronto momento, por um moleque de recados, Nequinho foi avisado. Pelo que já desceu dos confortos de sua invernada soltando azeites. Mais armado do que ele nem uma guerra. Hospedou sua vasta pessoa no Hotel das Famílias. E foi assim, deitado na cama, de botas e esporas, que mandou chamar o cobrador de impostos:

— Quero ter um particular com esse sujeitinho.

Meio murcho, adernado sobre a pasta negra, chegou para ver o major Nequinho Rosa refestelado na cama e de charuto na boca. Quis tomar cadeira, no que foi impedido pelo dedão de palmeira do major:

— Em minhas presenças ninguém senta o rabo para falar. É de pé, sujeitinho! De pé!

Intimou que o homenzinho abrisse a pasta de modo a desembuchar de sua entranha o tal ferrinho de marcar gente e mais o bolão de multas recaídas no cangote do educado povo de Pipeiras de Santana:

— Abra essa desgraça, esse ninho de lacraia.

O sujeitinho abriu. E da pasta preta, em lugar de arrogantes papéis do governo e ferrinhos de carimbar popa de cristão, saiu um derrame de giletes. O homem era caixeiro-viajante. Os aparelhos de fazer barba davam entrada, pela primeira vez, na brava e progressista cidade de Pipeiras de Santana.

## A importância de ser casado pela Constituição de 89 e pelo Estatuto dos Funcionários Públicos da União

Gervásio Ferrão quis casar com a doce Alicantina de Araújo. Não casou. Casou com Angelina Barbirato, dos terríveis Barbiratos de Santa Cruz da Mata. E quarenta anos depois, estando Ferrão em Poços de Caldas para dilapidar as gorduras, viu aquele bambu que andava. Era seu amor do tempo do limão de cheiro, nada mais nada menos do que a doce Alicantina. Vinha de pincenê em punho. Um horror! E mal desgrudou os olhos da veneranda surpreendeu, atravessando a rua, dona Angelina, sua esposa de cartório e altar, casada com ele pela Constituição de 89, pelo Código Civil, pelo Código Militar, pelo Estatuto dos Funcionários Públicos da União, pelo Regulamento do Corpo de Bombeiros, pela Caixa da Amortização, pelo Imposto de Renda e pelas Pautas Aduaneiras. Terrivelmente casado! E vinha dona Angelina arrastando um quarteirão de banha. Não era uma pessoa. Era um consórcio. E Ferrão, falando para dentro:

— Escapei de uma vassoura vestida para cair nos braços de um caminhão de secos e molhados!

E assim pensava Ferrão quando, na direção de dona Angelina, veio aquele carro de pneu doido. Gervásio fechou os olhos e calculou:

— Estou viúvo!

Foi um choque seco e terrível. Dona Angelina apenas estilhaçou uma das vidraças dos óculos. O carro, de barriga para cima, deu de soltar fumaça e parafusos. Para sempre imprestável.

# Adeus nomeação, o Diário Oficial foi embora

Acenaram para Tancredo Tupinambá com um cargo importante, coisa de sair no Diário Oficial. O informante foi claro:

— É negócio de vulto, diretor do Departamento de Compras e Pagamentos. Coisa de milhões, Tupinambá. Milhões!

De saída, para abrir os trabalhos, Tupinambá assaltou a tesoura de Pereira Alfaiate, com estabelecimento de modas na rua do Carmo. Mandou descer panos para quatro ternos, tomou as medidas e na hora de assinar os compromissos ainda brincou com o mestre da tesoura:

— Pereira velho, dentro de mais alguns dias esta minha caneta só assina negócio de milhões. Ou de bilhões, amigo Pereira!

E na força da mesma fúria atacou a Sapataria Feitosa e a Camisaria Antuérpia. E bem calçado e bem cortado de roupa, com uma pasta preta embaixo do braço, Tupinambá desandou a rolar sua pessoa por ruas e esquinas. Vez por outra ancorava num espelho para ver a figura do novo diretor do Departamento de Compras e Pagamentos. E, ajeitando o paletó, dava sua opinião abalizada:

— Não tem como terno preto. Diretor de terno preto é outra coisa. É a austeridade em pessoa. Ainda mais de óculos!

Os dias foram passando e nada de o Diário Oficial gemer com a nomeação de Tupinambá para a direção do Departamento de Compras e Pagamentos. E Tancredo, já em panela de pressão:

— Logo agora que já fiz terno, que empatei capitais. Logo agora!

Até que um domingo viu, em letra miúda do Diário Oficial, o nome de outro e não o seu para diretor das Compras e Pagamentos. E de Diário Oficial em punho Tupinambá sacudiu a rua Barão de São Félix, a Central do Brasil, o Rio de Janeiro, Niterói e São Gonçalo a poder de berros:

— Governo caloteiro! Isso não fica assim! Vou para os jornais. Sei de coisas!

Não foi para os jornais. Murchou, começou a sair ao lusco-fusco, de modo a evitar conversas e cobradores. E em certa tarde de chuva, ao botar o pé fora da porta, encontrou Pereira Alfaiate, que apresentou a Tupinambá resmas de promissórias:

— Seu Tancredo, vim lhe cobrar os ternos. Vai para meio semestre que lhe cortei as roupas, seu Tancredo. Não aguento mais.

E Tancredo:

— Por essas e outras é que este país não vai para a frente. O sujeito pega roupa de diretor e o cargo não vem. Mais do que isso, fazem o patriota de bobo. E ainda querem que o sujeito pague as dívidas. Uma ova! Essa eu não pago. Vá cobrar ao governo.

E tirando da mão de Pereira os papéis de compromisso fez deles uma bola que atirou na chuva da tarde. A bola navegou pelo meio-fio da calçada para sumir na boca do ralo. Como a nomeação de Tancredo Tupinambá.

# São Pedro ao alcance de 180 por hora

O avassalador Penedo Barbeitas, diretor da Companhia de Artefatos de Borracha, saiu de sua casa de campo ("vinte milhões só em telhas") a 180. Tinha marcado reunião da diretoria ("precisamente às 10 horas da manhã") e não podia faltar. E agora, no seu vastíssimo 180 a hora, corria para a sede grandiosa ("quarenta milhões de cruzeiros só em móveis") da Companhia de Artefatos de Borracha. Não respeitava cruzamentos ("estou atrasado, estou atrasado"), não respeitava nada — o que Penedo queria era chegar a tempo e a hora. O carro do diretor da Companhia de Artefatos de Borracha corria como dono de tudo. A paisagem passava meio esgarçada, meio sobre os estilhaços. E numa curva, sem tirar o pé do acelerador, Barbeitas sentiu que o carro havia raspado uma árvore. Cá entre nós: nunca foi amigo de arvoredos e passarinhos ("homem de negócio não pode perder tempo com somenos"). Gostou do termo e repetiu alto:

— Somenos!

Com o choque, os 180 quilômetros do dr. Penedo perderam o equilíbrio. Mas o carro, de novo com os pés de borracha no asfalto, continuou. Até mais macio, até mais veloz. Foi quando Penedo ouviu aquele apito. Parou de grito na boca:

— Não amola! Tenho pressa! Sou homem de negócios. Vou falar com o Peralva, o Anésio Peralva da Inspetoria de Trânsito. Pode contar com um mês de suspensão.

E mais enérgico, com o punho do lado de fora:

— Ou mais!

Quis saber, já de lápis em riste, o nome de quem assim apitava sem motivo. Mansamente, por entre nuvens e bater de asas, alguém falou:

— Sou Pedro, meu filho. São Pedro em pessoa.

# Seguro morreu de velho e de óculos

Conversa do corretor de seguros Peixotinho Alecrim para convencer Manequinho Feitosa:

— Nada como um seguro, Manequinho velho! Com meia dúzia de tostões, pagos em dilatado prazo, o pai de família fica preparado para morrer em paz. Olha o caso do Gilofásio de Aragão. Se não fizesse um seguro especial, dos que eu sei fazer, deixava a viúva vendendo cocada na porta dos cinemas.

E desdobrando papéis por cima da mesa de Manequinho, o corretor Alecrim relatou o que houve com Gilofásio de Aragão, sujeito metido a passar o verbo no pé do ouvido de senhoras distintas, de não poder ver um tremido de anca por baixo de panos que não sentisse uma pontada no coração. E Peixotinho já de caneta em punho:

— Uma ocasião, na rua do Propósito, Gilofásio caiu de beijos em cima da mulher do capitão Tolentino Saraiva. Foi repelido a socos pela virtuosa senhora. E depois dos socos veio o revólver do capitão que expediu três tiros com vistas aos atrasados de Gilofásio. Uma bala matou um bode, outra fez a Papelaria Mimi abrir falência e a última, sem-vergonha como ela só, foi pedir abrigo na parte mais vistosa do bem amamentado machucador de cadeira de Mocinha Melo.

A essa altura da pólvora, Gilofásio já tinha atravessado a gloriosa Comarca de Seridó e só morreu porque passou ventando no meio de um campo de futebol e cuidaram que fosse o ladrão do juiz em desabalada carreira. Dilapidaram Gilofásio com tanta porretada que uma aba dele foi cair no estrangeiro. Vesti terno de luto e fui levar a dona Abelardina de Aragão as péssimas notícias. A virtuosa chorou no meu ombro e assim de choro em choro reboquei seu seguro de vida para o altar, quando tomei o lugar do falecido Gilofásio como marido de papel passado. No caso do amigo Manequinho, o seguro é mais do que necessário. É uma garantia para que tua viúva, com aquela cara feita de trapo velho, tenha pronta saída. Porque tua mulher, Manequinho, devia ser proibida de andar pela rua. Só mesmo abastecida de um vasto seguro é que aquela desgraça de saias pode pensar em novo casamento. Só assim, defunto Manequinho!

Manequinho ficou tão comovido com as boas palavras de Peixoto Alecrim que deu dois tiros nele.

# Minhas memórias do futuro

Era técnico em abordagem. Não perdia um lance o tabelião Caldas Palhano de São Sebastião de Mata-Gato. Chegava, tirava o lenço de água de cheiro, atirava duas baratinagens na direção da moça ou dama, e era macuco no embornal. O aprendiz Tobias Rocha, mais conhecido por Rochinha do Cartório, que vivia envergado sobre o lavramento das escrituras, olhava tudo isso com olho admirado. Pisava botina de vinte anos, tinha bigodão da moda e costeleta de ida e volta. E não apanhava nada. Era como Filhinho Pinto dizia dele:

— É manga-rosa. Bonita por fora e sem gosto por dentro.

E Palhano, velhão, calça larga de palhaço, colarinho de palhaço, atirava em todas e todas morriam na bala de sua espingarda. Uma noite, em que lavrava um rendoso par de escrituras, deixando a caneta a meio sono sobre a mesa, Palhano jogou na sala do cartório esta confidência:

— Estou meio empenado, na casa dos sessenta, mas lhe digo, amigo Rocha, que já enquadrei no corrente ano mais de oitenta rabos de saia. A ala leste de São Sebastião de Mata-Gato entrou inteirinha no meu caderno de acerto de contas, de não escapar nem a velha Rosdália Feijó, para não dizer que não aprecio reumatismo.

Rochinha ficou de queixo desarmado. E um ano depois, cuidando Palhano que estivesse nos seus últimos dias de vida, segredou no ouvido do auxiliar de cartório que toda a sua grandeza com o pessoal de saia vinha de uma coisa só:

— A idade, Rochinha.

E Palhano explicou que dama que encurtasse a certidão de nascimento era propensa a uma passeata de travesseiros. O patrício podia ir que era porteira aberta:

— Em trinta anos de sem-vergonhismo não perdi uma, Rochinha.

Ao fazer esse relato, Palhano parou para tomar vento, alisou o braço do auxiliar e indagou com voz calhorda:

— E por falar nisso, quantos anos tem o amigo Rocha?

E Rocha, retirando ligeirinho o braço:

— Para mais de quatrocentos, seu Palhano. Para mais de quatrocentos! A bem dizer, eu já era coroinha de padre quando rezaram a primeira missa no Brasil, seu Palhano!

# Mataram meus sonhos a pau

A moça veio sacudindo toda a rua da Sagração com o seu andar de vaivém. E quando raspou a porta da igreja de São Francisco, bem junto do aleijado Joãozinho Gamela, foi aquele milagre. Joãozinho, atirando as muletas para o céu, saiu na poeira da moça bonita, desempenado mais que menino novo. E atrás dos ondulados dela, Joãozinho Gamela pedia:

— Dona, uma esmolinha pelo amor de Deus! Carecendo de dinheiro, beijinho também quebra o galho, dona!

A sem-vergonheira de Joãozinho Gamela pegou um sarrafo feio e forte, tão feio e forte que Joãozinho correu mais que o vento de agosto, da rua da Sagração aos confins de São Mateus da Marambaia. Quando a cacetada que levou perdeu as forças, Joãozinho desabafou:

— Por causa dessa desbriada, de fundos de tanajura, perdi meu cargo de aleijado de carreira em São Mateus da Marambaia. E logo agora que estava para ampliar o negócio com novas melhorias e beneficiagens. Ia entrar na faixa de cego de esquina, que é o que mais rendimento dá em cidade grande. Vale mais do que o tal do desfalque.

# 3

# COLOQUE UM FECHO ECLER NAS SUAS ESPERANÇAS

## Viagem ao redor de uma pasta

Ninguém como Felistoso de Azeredo para usar uma pasta. Começava pelo nome, que já era próprio para pasta:

— Felistoso Serafim Canabrava de Azeredo Gomes e Paiva, seu criado.

Certa feita, numa cerimônia de posse de diretor-geral, Azeredo, sem saber de nada, saltou de um carro na porta da Secretaria do Fomento. Ao chegar, com aquele vasto instrumento embaixo do braço, pilhas de funcionários e agregados desabaram em cima da pasta de Azeredo, cada qual mais solícito e prestativo. O homenzinho do elevador, em roupa de gala, varreu o chão para deixar entrar a pasta de Azeredo. E de boca pingando admiração:

— Tenha a bondade, doutor.

Felistoso de Azeredo, no meio de um bolo de braços e pernas, foi levado ao gabinete do diretor-geral, onde logo mostrou desejo de falar ao encarregado da Seção de Compras:

— Quero, por gentileza, ter um entendimento com ele.

Aos berros, foram chamar o sujeito desejado pela pasta de Felistoso de Azeredo:

— Portela, onde anda o Arnoso Portela? Portelão!

Em roupa de cerimônia, com a comenda de São Gonçalo de Miracema nas platibandas do peito, Arnoso Portela apareceu recoberto de acentos circunflexos na voz:

— Às ordens, doutor. Às ordens.

Nesse ponto é que o equívoco foi esfarinhado. Abrindo a pasta, a mão perita de Azeredo retirou de suas entranhas um punhado de remédios. E mostrando os frascos:

— Meus senhores e minhas senhoras, tenho a honra de ser o representante dos famosos Laboratórios Tavares Junqueira de Pontal do Livramento.

Felistoso foi expedido a bofetões e pontapés. Com a pasta na proa.

## Comprou o arco-íris e não tem dinheiro para pagar

Bilhete de Casusa Pinto, contabilista de uma firma em Seridó, ao seu benquerer de nome Maria Teresa de Azambuja:

*Teté, depois que me deste a lata, eu pensei em tomar veneno de rato. Falei com Agapito, aquele da Padaria Luso-Brasileira: "Agapito velho, vou largar uma pedrada de veneno em minha pessoa, de não ter médico que dê jeito." Agapito, que também estava querendo desencarnar por causa de um desfalque que deu na padaria, pediu um pouco do veneno para a gente morrer na mesma remessa. Antes, fomos beber uma prateleira do Bar Quintão e foi aquela reviravolta do pé para a cabeça, Teté. No rabo da madrugada, eu não queria mais morrer coisa nenhuma e Agapito só tinha um desejo: largar outro desfalque na Padaria Luso-Brasileira, de demolir o estabelecimento do forno aos livros de vendas mercantis. Em verdade, Teté, foi noite muito proveitosa. Eu, que nas outras porretadas de cerveja nunca que passava de um reles contabilista desta praça, ontem cheguei a ser conde não sei de quê. Nesse andar, eu vou longe. Estou aí, estou rei da Conchinchina.*

## Desfalque de macaco tem vinte cachos de banana

Santinho Bento, dono de uma quitanda em Timão do Ipó, estilhaçou a cara de um macaco a bofetões depois de sangrar dúzias de garrafas de cerveja e copos de cachaça. E foi alto, trocando pernas, que Santinho deu explicações de sua desavença com o macaco ao xerife de Timão do Ipó. Neste estilo de pão com manteiga:

— Sujeitinho pior que cobra como o macaco Simão não tem em cem léguas de distância. Trouxe ele do mato, onde passava fome de andar com as costelas em reco-reco. Em casa, dei bom passadio ao sem-vergonha, cama de dormir e banana de comer. Depois de um par de meses, com seu macaquismo e sabujice, angariou minha confiança, pelo que dei ao macaco Simão sociedade na quitanda. Foi nesse porém que o desbriado, pegado de namoro com uma macaca da Barbearia Chique, de nome Sultana, quase meteu meu estabelecimento a pique. De modo a poder comprar cordão de ouro para a macaca de sua estimagem, deu um desfalque de vinte cachos de banana numa só quinzena, foramente o roubo de uma caixa de pó de arroz Sonho Oriental e um vidro inteirinho da famosa brilhantina Perdição das Damas.

# Nabucodonosor com as molas partidas

Bercó Guaraciaba era tabelião em Santo Aleixo do Tinguá e andava como tabelião. Só de preto. Parecia uma escritura pública de óculos e gravata. Quarenta anos de caneta e papel e sem um único riso. Tomava banho de mar com os calções abotoados no joelho. Dona Jurubentina dizia com orgulho:

— Sou casada com Guaraciaba desde que mataram o general Pinheiro Machado e até hoje ele não conhece a cor do meu cangote. Respeitosão como ele não tem.

Certa ocasião, para tratar de assuntos do tabelionato, veio ao Rio de Janeiro. E voltou para Santo Aleixo do Tinguá dizendo horrores da rua do Ouvidor:

— É um ninho de perdição. Moças com vestidos de palmo e meio abaixo do joelho. Todo mundo de tornozelo ao vento. Tem mulher até que fuma charuto.

Quarenta anos depois, em pleno império da perna de fora, Guaraciaba voltou ao Rio de Janeiro e foi ancorar na casa de um compadre de Ipanema. E de repente, num domingo assim, com um sol assim, Guaraciaba viu seu terno preto sitiado por um derrame de meninas em flor. Cada qual mais sem roupa, cada qual mais pernuda e cadeiruda. Guaraciaba pulou de dentro do terno preto e pensou voltado para as marolas que as partes das moças faziam por baixo dos panos espatifando seu velho coração:

— Perdi meu tempo! Podia comer filé e comi capim a vida inteira. Sou pior do que o tal de Nabucodonosor. Pior do que esse papador de ervinha.

Nisso, ao acompanhar o ondeado de uma menina que saía todinha para fora do biquíni, o velho tabelião sentiu uma pontada no peito, caiu e morreu. Todo de preto. Como uma escritura mal lavrada.

# Cacetada de pau a pique na noite suja

Era um exagerado. Quando a moda dos cabeludos e barbudos deu entrada em Jurubal do Norte, Salema de Araújo, do Cartório Barros Cunha, correu para o Dicionário Ilustrado e parou o olho escrivão na maior barba que encontrou. E de dedão apontado para o retrato:

— Quero coisa assim, sem tirar nem mexer. Vou levar o livro para o pessoal do Salão Chique ver como quero ficar. Não faço por menos. Vou ser Salema de dicionário.

Pegou uma barba dos maiores crescimentos. Um verdadeiro leque aberto. E de noite, depois de trabalhar nos livros de certidões e registros, Salema corria para o espelho e falava sozinho diante daquela barba vistosa:

— É grande! Como bem diz o amigo Juquinha Mota, a comarca de Jurubal do Norte não tem competência para arcar com as responsabilidades de uma barba deste porte. O que a comarca comporta, no mais espichar, é barba de comerciante da rua do Recreio.

Até que uma noite, tendo fugido o leão do Circo Espanhol, a cidade dormiu de revólver no dedo e pau de matar lobisomem na cabeceira. Por precaução, desligaram a luz. Sem saber de nada, Araújo deixou o trabalho a poder de alumiado de vela, depois de fechar a porta e ganhar a rua. E caminhava na direção da praça da Matriz quando explodiu aquele grito:

— É o leão do circo, minha gente! Cruzou agorinha mesmo a rua do Vigário. Vislumbrei a barbona dele. É o danado do leão!

E na cauda desse aviso zumbiu, bem no brinco da orelha de Salema, aquela cacetada de pau a pique. E antes que outra viesse reforçar a primeira, Salema, de barba e costeleta, trabalhou no pé. E não confiando em dar no pé, abriu o berrador em manchetes assim:

— Socorro! Sou Salema do cartório! Socorro!

E o povo no rastro dele:

— Mata o leão falante que fugiu do circo de cavalinhos! Mata que é bicho!

Só na terceira cacetada, que pegou lá em Araújo na raiz do estômago, é que ficou esclarecido que Salema não era leão. Mas já era tarde e Salema desfalecido.

# Prosperidade vem de curto-circuito

Carta de Anastalício Peixoto, da profissão de contabilista, a um primo de Urucungas do Valão:

*Não lhe conto nada, Agapito velho, dos progressos que tenho angariado em Santo Antônio de Nepomuceno e territórios ribeirinhos. No princípio, trabalhei numa fábrica de sabão que logo abriu falência. Em seguida, aluguei meus préstimos a uma casa de tecidos que gemeu, pediu concordata e morreu. Agarrado a uma carta do prefeito Bimbim Ferreira, parti para cima do Cinema Vera Cruz, que não aguentou o rojão e abriu a boca. Foi nesse ponto que pulei para as Mercearias Girassol. Cheguei num dia e no outro já um dos sócios da firma descarregava desfalque tão ferino de não restar dinheiro nem para pagar a quinzena dos empregados. Dessa casa de comes e bebes passei para a Sorveteria Santo Antônio. Na primeira sorvetada que dei, as máquinas lascaram de alto a baixo, de não ter mecânico ou entendido que desse jeito. Sem emprego, por astúcia de um tal de Chiquinho Boto, fui ser técnico do Royal F. C. O time que vinha de vento em popa, dando em todo mundo, até que o técnico fugiu de bicicleta com a mulher do promotor público. No lugar dele fiquei eu. Peguei o serviço numa quarta-feira e no domingo eu já estava correndo na frente da torcida do Royal F. C., que fez o vexame de perder por 10 a 1. Aí caí em cheio nos braços da Fogueteria Apolo, estabelecida na rua do Cravo. Por falta de prática, lasquei no rabo de um rojão pólvora tanta que voou tudo, a Fogueteria Apolo, um guarda-comida, uma bateria de cozinha, uma arara, o retrato de Sacadura Cabral e no comando desse despautério o proprietário da firma, o capitão Apolôncio de Sousa, de óculos e sem asa. Nesse entrementes, peguei um biscate de pedreiro em antigo prédio na rua dos Padres. Dei uma martelada de caráter tão daninho que a casa veio abaixo como se estivesse comida de cupim. Foi nessa ocasião que astuciei um serviço de muito proveito e responsabilidade. No lugar do comerciante meter fogo em seu estabelecimento, correndo o risco de não receber o seguro, era mais garantido contratar meus préstimos. Pratico incêndios com todas as garantias, sem risco de investigação do pessoal da polícia. Foi assim que quase botei abaixo a rua do Comércio, de uma ponta a outra. Um tal de Nagib Salem gostou tanto do meu serviço que encomendou, de saída, três curtos-circuitos e mais dois desabamentos. Já tenho escritório montado na praça das Verduras e estou maquinando expandir os negócios para outras municipalidades. Tenho fé em meus curtos-circuitos, amigo Agapito, que vou fabricar por ano uns quarenta avantajados incêndios, reforçados por vinte desabamentos, quinze falências e duzentas concordatas. Se interessar ao primo, abro uma filial em Urucungas do Valão que está pedindo um curto-circuito geral, de torrar tudo em duas horas, com a Fogueteria São João no comando da falência total.*

## Foge, peru, que o Natal desembarcou!

Queria ficar livre de dona Estefonsina, e para isso organizou Abrantino de Melo um plano quinquenal de cemitério. Fracassou no vidro ralado, fracassou no empurrão de escada, fracassou no afogamento. Tão infeliz foi que manobrou o barco, na lagoa do Fundão, de modo tão sem jeito que o barco adernou e jogou o candidato a viúvo nos braços da marola. Se dona Estefonsina não acode era viúva sem trabalhos e sem canseiras. Foi quando Abrantino apelou para os préstimos de Tibiriçá Cordão, macumbeiro de altas macumbas. Era em alto-relevo seu serviço que tinha até placa na porta, com hora marcada para consulta. Abrantino esperou duas semanas para ser recebido pelo patriota, uma figura que falava bonito, com um anelão em cada dedo e chapéu gelô na cabeça. Só atendia de chapéu. Antes que Abrantino abrisse o bico, Tibiriçá avisou:

— Só trabalho para gente ilustrada. E atendo o distinto porque veio apadrinhado pelo meu compadre Serapião de Melo. Agora, o consultante pode relatar ao que veio, levando em conta que minhas horas são precárias e tenho de receber, na presente tarde, um desembargador e um par de políticos.

Embaraçado, Abrantino disse ao que vinha. Queria casar de novo e não podia enquanto não desbastasse os cento e vinte quilos de dona Estefonsina, possuída de um gênio de caninana combinado com surucucu-tapete. E abrindo o saco da franqueza:

— Estou com menina de 18 anos engatilhada. Quero gozar o resto de minha vida em capim novo.

Ficou estabelecido que Abrantino devia deixar uma nota firme, pois o estabelecimento de Tibiriçá Cordão só trabalhava com urubu da Bahia amamentado com leite de cabra. E explicativo:

— Galinha de fundo de quintal é do uso dos principiantes. O pessoal graúdo só trabalha de urubu para cima. Não tem como urubu da Bahia para serviço de segurança!

Abrantino deixou dois mil na mesa de Tibiriçá, ficando de mandar mais dois mil no correr dos trabalhos. Os meses rolaram e cada vez mais dona Estefonsina gozava saúde. Abrantino, desanimado, voltou à mesa de Tibiriçá, que mostrou, sacando de um fichário, o andamento do serviço. E meio sobre o avinagrado:

— Isso não é assim como o distinto pensa. Tem ciência, tem ponderação. A gente não perde tempo. O estabelecimento trabalha com uma frota de carros, cada qual levando trabalho para as encruzilhadas. Sou organizado. Pago até imposto de renda, seu Abrantino. Tenho livro-caixa. Livro-caixa, seu Abrantino!

Abrantino deixou mais dois mil e voltou para casa. E outro mês rolou na folhinha e dona Estefonsina em cima de seus pilotis, nadando em cento e vinte quilos de bacalhau com batatas. Abrantino, na curva dos trinta dias, voltou ao estabelecimento do mestre de dendê e urubu da Bahia. Quando a cara do candidato a viúvo apareceu por entre as cortinas, Tibiriçá, pulando nos sapatos, berrou:

— Para fora, desgraçado! Passa na tesouraria, pega teu dinheiro e não volte nunca mais! Essa tal de Estefonsina não é negócio para macumba. Quase abro falência. Um carro pegou fogo, tive ataque de asma e perdi dois dentes. Fiz um trabalho de estrada que parecia uma escola de samba. Deu polícia no despacho. Foi tudo em cana. Com mais duas incumbências dessa ordem, fico desmoralizado. Vai para longe, desgraçado! Tua mulher só a canhão. Tesconjuro, Satanás! Tesconjuro!

Abrantino voltou murcho, ombro caído, bigode no rodapé. Olhou os cento e vinte quilos de dona Estefonsina. Cara larga, braço de arroba. Estefonsina imorrível. Nem a canhão!

## A morte não tira férias

Ao varar meio século de defuntos e caixões, a Funerária Boa Esperança de São José do Barro ofereceu, no Hotel Primor, almoço de confraternização geral. Na entrada do robalo, Alcebiláquio Castanho, feliz proprietário do estabelecimento, pediu a palavra, firmou as mãos na mesa e soltou o seu improviso. Assim:

— Deus mata e a Funerária Boa Esperança enterra auxiliada pelos bons serviços do dr. Manequinho Condeixa, que passa atestado de óbito em qualquer bronquite ou resfriado. Sem o dr. Manequinho, que zela por nós desde o tempo do cinema mudo, a Funerária Boa Esperança nunca que tinha chegado ao que chegou. O doutor sozinho é muito doutor de dar trabalho para um cemitério inteiro. Ainda mais agora que comprou aparelhagem de operação. É o que sempre digo. O dr. Manequinho Condeixa é uma garantia para a Funerária Boa Esperança, a que melhor vela pelos defuntos de São José do Barro.

Na ponta da mesa, todo de preto, o dr. Manequinho Condeixa agradeceu comovido. Parecia um atestado de óbito.

## VESTIU UMA CAMISA LISTRADA E SAIU POR AÍ

Chegou em casa, na rua das Marrecas, soltando marimbondos contra o carnaval. E enquanto tirava o colarinho de goma:

— País desgraçado! Tudo é feriado! Um funcionário de responsabilidade, com encargo de chefe de seção, não pode trabalhar. Ninguém despacha coisa alguma. É só pulo de macaco e fantasia de baiana. Até o desembargador Jupiaçu Feijó vai sair de marquês de Pombal. É o fim do mundo, dona Escolástica!

E colocando os colarinhos na cadeira:

— Não aguento mais. Vou para os capuchinhos fazer meu retiro espiritual. Já falei com dom Alvorado.

Dona Escolástica, avassaladora senhora de prendas domésticas, fina como um machucador de cozinha, bateu palmas. E nas palmas dos cem quilos de dona Escolástica embarcou Torquato Saquarema para a paz dos capuchinhos. Na porta de casa, orgulhosa do marido, a terrível senhora deu a última mão de tinta no seu consentimento:

— Vai, Saquarema. Vai com Deus, meu filho.

Foi. Mas deu azar. O bloco Vai que Eu Fico em Casa, da moça do estandarte ao último tamborim, entrou numa grade de não caber na delegacia, pelo que transbordou pelas páginas dos jornais. E lá veio, em quatro colunas encadernado de baiana, o marido de dona Escolástica. Na quarta-feira, ao deixar a prisão, Torquato Saquarema tomou uma providência enérgica. Pediu asilo na embaixada do Peru.

# Conto do vigário em família

Quando o primo Bombarda de Atayde, pilotando um baú, chegou na rua do Imperador, foi aquele mal-estar da varanda aos tinhorões na casa dos Ataydes de Cordovil. O velho Antão de Atayde, tio unha de fome, que respirava baixinho só para não gastar os peitos, rosnou de cara a meio-pau:

— Mais um prato, mais um talher. Vou acabar vendendo amendoim torrado na porta do João Caetano.

Mas logo mudou de opinião ao saber que o baú do sobrinho tinha uma história ligada a ações e apólices de estrada de ferro e de mina de ouro. Pensou: "É o Banco do Brasil em casa. É a felicidade a domicílio." E na asa desse pensamento o velho unha de fome mandou que suas meninas, todas em ponto de altar, cercassem o primo da maior consideração. E recomendativo:

— Está madurão, meio maracujá de gaveta, mas tem dinheiro. Quero que Atayde tenha de um tudo.

As meninas entenderam. E logo uma delas deu de estreitar a cintura de modo a alargar outras partes. Bombarda, bem instalado na rua do Imperador, muito apreciou o andar de cobra da parenta, mas rejeitou seus balançados. Foi franco:

— Não caso com uma para não prejudicar as outras na partilha.

E assim, na conta do tio Atayde, fumava charutos e na conta do tio Atayde devastava galinha ensopada, que era o prato de seu paladar. A rua do Imperador sentia que na casa do velho Atayde morava um nababo. A fama de suas apólices subia alto. Vez por outra mandava comprar o *Jornal do Commercio*. Informava:

— É para ver como andam as ações.

Novos charutos vieram e novas galinhas passaram pelo dente de Bombarda até que lá num domingo, estando no palito da digestão, a morte apareceu. Veio de manso como de manso viveu o tranquilo Bombarda. Como água represada, os Ataydes todos, do velho unha de fome às meninas de cintura fina, avançaram sobre o baú do pranteado. A tampa ainda lutou contra essas mãos de rapina. Mas cedeu a poder de murros e pontapés. E da entranha do baú, velha e empoeirada, pulou uma anedota: um maço de jornais antigos. Na cadeira de balanço, morto como ele só, Bombarda parecia sorrir.

# Gênio de uma noite de verão

Nenzinho Baeta entrou no salão do Recreio das Mulatas encastoado numa fantasia que só faltava fazer discurso. Tinha de tudo a fantasia de Nenzinho Baeta. Tinha fraque, pincenê, colarinho de ponta virada, cartola e um livro de leis na cava do sovaco. Na entrada do salão, Baeta firmou o pincenê no poleiro do nariz e avisou:

— Estou de Rui Barbosa. Vim fazer discurso sobre assentador de cadeiras das distintas damas desta distinta sociedade. Peço a palavra!

Não deram a palavra a Nenzinho Baeta. Deram nele, na parte subalterna do fraque, um pontapé que fez estremecer até os estatutos do Recreio das Mulatas. Estatelado nas pedras da rua, com o pincenê a meio-pau, mesmo assim Nenzinho não passou recibo. Fez uma ligeira medicação no Bar Estrela D'Alva, consumindo meio copo da revigorativosa cachaça Sai de Baixo, depois do que navegou para o Associativo Flor do Resedá, onde gritou que era Rui Barbosa e pedia a palavra:

— Vim especialmente fazer uma saudação em louvor dos inchados da meninada do Flor do Resedá, só respeitando as distintas senhoras casadas de papel passado. No mais, tudo entra no meu discurso. Peço a palavra!

Jorrou bofetada em cima de Nenzinho Baeta, que voou pela janela sem ser andorinha ou cambaxirra. E foi sentado no meio-fio da rua Cachambi que esse Rui Barbosa de uma noite de verão desabafou sua mágoa expelindo pelo funil da boca esta resma de tristeza:

— Gentinha desgraçada! Não respeita nem Rui Barbosa. É só falar em ler e escrever que esse povinho fica contaminado da maior dor de cabeça. Em lugar de escola, com quadro-negro e professor, o governo devia botar esse pessoalzinho sem-vergonha para estudar em cavalariça com cartilha de capim embaixo do braço.

Ajeitou o fraque, arrumou o pincenê nos andaimes do nariz e foi tomar bofetadas no Baile dos Audazes de Nilópolis.

# O AUXILIAR DE SEM-VERGONHA

Teteu Pederneiras viajou para o Rio de Janeiro em serviço da Prefeitura de Rio das Antas. Era tido e comido como sujeito austerão, severão, puxador de procissões e boca de pouco riso, orador do Centro Cívico 7 de Setembro. Quando vestia roupa de irmão da opa, em responsabilidade de aguentar andor de santo, era folheado em anjo que Teteu Pederneiras andava pelas ruas de Rio das Antas. E foi espanto geral, coisa de botar a bandeira do Centro Cívico 7 de Setembro a meio-pau, quando se soube que Teteu tinha sido preso na praça Tiradentes, numa bagunça de cabaré, dançando modernismos de salão. Diante disso, exonerado de irmão da opa e de secretário municipal, Pederneiras resolveu assentar praça em definitivo em terras do Rio de Janeiro. E para ficar a par do que havia acontecido, a comarca remeteu ao encontro de Pederneiras seu compadre Lacavinha de Araújo, também puxador de andor e também sujeito de muitos e grandes princípios. Lacavinha chegou para ouvir de Pederneiras esta confissão completa e acabada:

— Compadre, eu era sério por fora. Por dentro, compadre, sempre fui um poço de sem-vergonhice.

E assim dizendo, levou Lacavinha para um comício de moças de pernas de fora e partes anexas ainda mais de fora. Lacavinha, passado pelo serviço de Teteu Pederneiras, mandou para Rio das Antas o seguinte telegrama: "O compadre é um caso perdido. Caiu no maior deboche e sem-vergonheira. Não volta mais para a comarca e eu também não. Vou ajudar o compadre nesse serviço."

# Muito médico e muita modista para uma virtude só

Era tanto dentista, tanto médico, tanta modista e tanto cabeleirista que Cinorato Penalva acabou por desconfiar desse vaivém de dona Feliciana Penalva. Pensou:

"É muito médico, muita modista para uma pessoa só. Tem dente de coelho a bordo."

E a primeira medida que Penalva tomou foi comprar um chapéu de aba larga, óculos pretos, uma lanterna e o *Manual do investigador moderno.* E foi assim, de chapéu desabado nas platibandas da testa, que Cinorato começou a medir os passos de dona Feliciana Penalva. Virou, andou e mexeu para acabar na mesma. E em cima desse montão de fracasso apelou para um detetive de escritório aberto no Largo do Machado. Foi claro:

— Almejo saber se dona Feliciana pratica, fora de casa, atos atentatórios à minha honra de contabilista da Companhia Importadora e Exportadora Cordão de Almeida.

O desvendador de mistério, o abalizado Lameirão Arruda, mais conhecido como Arrudão de Cascadura, não entendeu em que pau queria Penalva amarrar seu almejo. Diante disso, Cinorato teve que passar a limpo o seu falar engomado:

— Quero saber se dona Feliciana é séria ou não é séria. Quero toda a verdade. Toda!

Arrudão saiu fuçando os calcanhares da mulher de Penalva. E uma semana depois fazia o levantamento de seus andados. Dona Feliciana era de passeios fora de portas, de hotéis escondidos, senhora de paladar variado. Manejava um meirinho da Justiça e um oficial da Polícia Militar do Maranhão em férias em Brás de Pina. E entre um e outro, tirava uma extra nos braços cabeludos de um levantador de pesos. E Arrudão colocando ponto final no relato:

— Tenho todas as provas. O distinto pode ver de vista própria. Mato a cobra e mostro o pau.

Foi a hora de Cinorato Penalva crescer em forma de berros para cima de Arrudão. Neste estilo:

— Caluniador sem-vergonha! Despeitado! Não pode ver ninguém feliz. Só não te quebro os chifres porque hoje é dia de aniversário de minha virtuosa esposa Feliciana, pelo que não tenho tempo a perder. Vai, língua ferina. Vai morder outros calcanhares. Cretino! Desmanchador de reputações alheias. Boca de lacraia!

E deu o assunto por encerrado. Feliz da vida por ter tirado uma dúvida da cabeça.

## Sonho que não sabe nadar morre afogado

O escrivão aposentado Nabuco Feijó reuniu a filharada e disse do alto dos seus 70 anos bem medidos e escriturados:

— Vou tomar estado de novo, vou dar um pontapé nesta minha viuvez de quarenta anos. A saudosa que desculpe. Vou para os cabeçalhos!

Os filhos, alarmados, olharam uns para os outros. E Dorinha, a mais velha das moças, tentou levantar a voz. Mas a mão de Nabuco, que lavrou milhares de escrituras, fez com que Dorinha voltasse à última forma. Assim:

— A decisão está tomada. Vou casar com a menina Filhinha Guedes. O desembargador Oneocrates Peixoto, mais gasto que dentadura de velho, não laçou moça donzela de predicados carnais nunca vistos, coisa avantajada, de não caber na responsabilidade de um marido só? Sou pior que esse lagartão velho e pelancudo?

Casou com os vinte anos em calda de Filhinha Guedes. Casou e remoçou. Floriu Nabuco da cabeça aos pés. E tanto floriu que uma noite, depois de deixar bilhete de despedida, fugiu com a empregada, uma café com leite devidamente acompanhada de um par de olhos de verdes encantos. Comentário de seu amigo Apulcro Mamede:

— O compadre custou a largar a viuvez. Agora, meus amigos, é botar as meninas desta jurisdição no seguro e pedir garantias aos poderes competentes, que Nabuco é boca de fogo. É um limpa-trilhos movido a falta de vergonha.

## Mata a cobra e mostra o pau

E por ter perdido uns votos nas eleições de Brejais, o major Quinquim Paranhos resolveu espichar de defunto um certo Bebé de Melo, gogó de ouro que abalava as praças públicas com seu ruibarbosismo de mato adentro. Era voz de não caber numa cidade, coisa de estilhaçar copos e cristais. Quando Bebé expelia discurso na praça do Vintém, o farmacêutico Bentinho Cruz prevenia o prático da botica:

— Seu Bendengó, cuide dos frascos. Hoje tem discurso de Bebê de Melo.

Foi esse ninho de ventania que o major resolveu estancar. Para o serviço mandou vir de longe, por ter muita fama e ser de gatilho rápido, um tal de Percilato Reis, que abastecia cemitérios e beira de estrada com sua pontaria daninha. Na pólvora de Percilato depositou o major Quinquim esta incumbência:

— Em troca de minha proteção e um gadinho limpo do Piauí, quero que passe fogo, de nunca mais comer farinha, num tal de Bebé de Melo, que vive desabonando minha conduta e tirando meus votos na briga das eleições. Tão desrespeitante que passou pela minha pessoa sem tirar o charuto como manda a boa ilustração. Parecia um trem de linha soltando fumaça pela chaminé. Aturo tudo, seu Percilato. Menos faltamento de respeito! É nesse porém que viro cobra. Cobra na brasa, seu Percilato. Perco a ponderação e mando chumbo. Não de pessoalmente, que não vou dar confiança a qualquer sujeitinho. Ademais, sou devoto e não compete a devoto praticar serviço de sangue, seu Percilato.

E para que Percilato não errasse de endereço, colocou em mãos dele dois retratos do candidato a defunto: um de lado e outro de Bebé de Melo todo pomponete, de charuto despencado no beiço e chapelão caído para trás. E dando o último retoque na conversa:

— Veja o sujeitão! Parece um presépio, seu Percilato! Tem de um tudo. Tem lapiseira no bolso, alfinete de pedrinha na gravata, um ramo de flor no paletó e correntona de ouro na barriga. Não tem que errar, seu Percilato! Não tem que errar.

Percilato pegou os retratos, pulou na sela e sumiu na estrada. Para só voltar duas semanas depois com o serviço arrematado. E para Quinquim Paranhos que gozava o soninho do ajantarado na varandona de sua casa de invernada:

— Major, mandei bala mortal nos dois. No que estava de lado e no sem-vergonha que estava de frente, ostentosão de charuto encalhado na boca.

## Grita forte que a companhia de seguros garante o resto

Carta de Benzinato Cunha, guarda-livros, a seu compadre Neco Moscoso:

*Viajei para bem longe desse atraso de vida que é São Carlos do Fundão para poder dizer umas verdades ao coronel Sandó Cruz. Não caso nem quero ver mais a cara da filha dele, aquela empadona que ficava o dia todo na janela, de olho grudado em todo sujeito de calça que transitasse pela praça do Comércio. Uma ocasião, estando eu no Bazar Almeida, caí na bobagem de dizer que ela tinha uns encaracolados muito bonitos. Pois foi o bastante para que o pai dela aparecesse no Hotel Adamastor todo mordido de cobra. De princípio, para abrir conversa, desmontou a porretadas a mesa onde eu comia minha asa de galinha e bebia minha cerveja preta. Não contente, danificou de enfiada outros utensílios da sala de refeição, de não respeitar nem o retrato do falecido Gumercindo Alves, que morava desde mais de cinquenta anos na parede do Hotel Adamastor, todo de preto, de barba em forma de leque, com a fita de intendente da Prefeitura de São Carlos no peito. Para que o coronel não esquartejasse o estabelecimento, firmei contrato de rebocar para o altar esse baú velho enfeitado de bumba meu boi que é sua filha. Mas passada a fraqueza, voltei ao meu natural e resolvi responder a ofensa, pelo que dou ao compadre a missão de dizer a Sandó Cruz que não caso com a filha dele nem por ouro nem por prata. Se a pé eu não queria pagar o compromisso, quanto mais agora que comprei uma bicicleta de segunda mão. Como sou previdente, já tomei as competentes deliberações para garantir meu compadre nessa missão espinhenta. Pode gritar alto com o coronel Sandó que a companhia de seguros garante a comadre Esmeralda em caso de suceder uma desgraça e sua pessoa embarcar para o outro mundo montado numa bala.*

## Quem não tem competência não caça onça

E estava Laranjeira de Melo de papo ao vento em sua casa do Grajaú, no torniquete de um enfarte de soltar fumaça pelas dobradiças, quando apareceu, de peruca vermelha e óculos de tartaruga, uma certa e nunca mencionada Jeribela com este pedido:

— Sou a esposa de Laranjeira. Quero falar com ele.

Pânico na circunscrição, de vez que a esposa de papel passado era outra e não essa Jeribela de peruca e óculos de tartaruga. Foi quando a esposa de papel passado, apoiada numa tranca de porta, gritou:

— Isso é uma afronta! Esse cachorro não morre de enfarte sem pegar uma surra de arrebentar as costuras. Não morre, que Deus é grande!

Dona Jeribela, por sua vez, firmando a peruca, rebateu em linguagem de surucucu:

— Vai também acertar aqui com a mamãe, esse nojento. Fazer uma coisa dessas comigo que tenho curso de corte e costura e sou funcionária do Tesouro! Isso não vai ficar assim! Na hora em que o mano Manequinho Cruz souber dessa minha humilhação, já desce do Ceará dando tiro até em borboleta. Vai ter viúva na praça no corrente exercício se Deus quiser.

Diante disso, Laranjeira pulou da cama, saltou pela janela e foi pedir asilo na embaixada do Chile. E mais tarde, em telefonada para seu compadre Marzano Prado, relatou:

— Compadre, o enfarte não aguentou. Meteu o rabo entre as pernas, ganhou a janela e, como estava de pijama de bolinha, deu no pé. E eu, compadre, no rasto dele.

## Já que tudo está perdido aguarde o resultado

Como estivesse a dois passos da bancarrota, Juberbal Moscoso aceitou angariar assinaturas e anúncios para *O Tacape*, jornalzinho de boca suja, que nasceu sem-vergonha desde o primeiro número. Era arma de assalto de um certo Gorjão Feijó, que escrevia grosso em Limeira do Itu. E Gorjão, ao contratar os serviços de Juberbal, fez ver que era trabalho leve, coisa de moça, pois o representante do seu jornal chegava e tinha tudo do bom e do melhor. E com mania de grandeza:

— Não sendo assim, é escrever que largo o pau em cima da moçada, seu Moscoso. Ninguém, em derredor de cem léguas, brinca com *O Tacape* de Gorjão Feijó. Ninguém!

Moscoso, mala atulhada de recibos, partiu para fazer a praça em nome de *O Tacape*. E em Gruçaí do Sul, ao dizer ao que vinha e quem era, foi logo empurrado para a delegacia, onde, perante o xerife, duas garruchas e quatro palmatórias, obrigaram Moscoso a engolir um exemplar do jornal. E da delegacia passou o pobre angariador de anúncios para a residência do major Fortunato de Almeida de modo a almoçar mais dois números de *O Tacape*. E assim, de *Tacape* em *Tacape*, a garganta de Moscoso deu fim a toda edição em Gruçaí do Sul. E, na sobremesa do último exemplar, lembrou o empanzinado Moscoso que dois dias depois devia chegar o número de domingo, gordão e atochado de anúncios. E nos pés desse pensamento correu para passar o seguinte telegrama ao benemérito Gorjão: "Edição chegada em Gruçaí do Sul acabou toda engolida por mim. Peço, pelo amor de Deus, suspender nova remessa, pois não aguento outra tiragem."

# Vingança vem em lombo de burro

Na revolução de 30, com a queda do velho Washington Luís, a cidadezinha de Juruá do Pontal ficou em jeito de bezerro desmamado que acompanha até cambaxirra. O caso é que Juruá do Pontal não deu uma canivetada em favor de ninguém. Cruzou os braços e esperou pelo Diário Oficial. E quando chegou a notícia da vitória dos revolucionários, o prefeito foi o primeiro a botar as solas na estrada. Fugiu de nunca mais ser encontrado. O delegado fez o mesmo, bem como o coletor federal e o presidente da Câmara dos Vereadores. Que ao sair deixou esta profecia:

— Vão passar todo mundo pelas armas!

Juruá do Pontal correu para o padre, o padre apelou para o bispo e o bispo para o governo novo. O governo novo, que nem sabia da existência desse ninho de medos, mandou dizer que já tinha despachado para a jurisdição uma autoridade munida de poderes de fazer e acontecer. De fato, no dia seguinte, apareceu, em burrinho tristoso, por baixo de uma fardinha modesta, a autoridade prometida. Mas o que alarmou Juruá do Pontal foi aquele par de latões que o enviado do poder trazia em cavalo suplementar. Chiquinho Borges, barbeiro do Salão Almeida, garantiu balançando a cabeça:

— Boa coisa não é, boa coisa não é!

Mas antes que descesse, já a Associação Comercial de Juruá do Pontal, com o padre na frente, avançava sobre ele. A Banda Castro Alves atacou em forma de dobrado, enquanto a comitiva, com o povo na rabada, seguia para a Câmara Municipal, onde estava armado um banquete de dois bois e trinta perus. Comeram, beberam, discursaram. E no fim, o homenzinho dos latões, muito acanhado, limpando a testa com o lenço, assim agradeceu:

— Venho vindo neste meu serviço desde lugar muito longe. Mas tratamento especial de bom como em Juruá do Pontal nunca tive igual nem perto disso. E agora, que a gente já comeu e já bebeu, é hora de ver onde tem o ninho das miasmas para o devido debelamento, que para isso trouxe duas latonas de petróleo na garupa de minha navegação.

Era um mata-mosquito.

## Soldado velho não dá guarda

Em dia com a moda de não caber nos sapatos, paletó curtinho e cabelão encaracolado caindo pelas rebarbas dos ombros, o moço deu entrada em Cachoeiras da Várzea vazando modernismo pelos colarinhos. Quando, do mirante do seu balcão, no Empório do Oriente, Chiquinho Abreu viu o moço transitar pela rua do Foguete, avançou sobre o telefone de manivela e ligou para o delegado Xenxém Brito:

— Xenxém, tem sujeito indigitado na praça. Vem correndo.

Xenxém, em pronto instante, apareceu montado em bicicleta. E sem esperar pelos trocados, seguiu no rasto do cabeludo com ordem de prisão engatilhada. E no Hotel Primavera, antes que o moço entrasse no uso e gozo da hospedagem, recebeu intimação de Xenxém para comparecer à delegacia. E Xenxém:

— Lhe espero dentro do estipulado de um quarto de hora.

O encaracolado foi e apresentou mais do que documentos. Apresentou um título do governo. Era o novo juiz de direito da comarca, dr. Caetano Bustamante de Castro. Xenxém pediu desculpas, arrumou a gaveta de sua delegacia e pediu transferência para lugar mais de roça que houvesse. E na despedida:

— Está tudo perdido! Até o povo da Justiça está contaminado de paletó lascado e costeleta modernista. Vou embora para Macacos do Livramento.

Foi.

## Urubus, a fazenda é espichenta

Cajuquinha Saião, bom de bico, falante e orante como ele só, uma tarde apareceu em Barrinha para um empréstimo contra o Banco Irmãos Matoso. O gerente, sujeito tranquilo de nome curto, Jó Sá, mandou servir café e fumou cigarrinho de palha enquanto deixava Cajuquinha desembrulhar por cima da mesa as mil qualidades de sua fazenda de Urubus:

— É pequena, seu compadre, não dilata mais de trinta alqueires, mas muito bem servida de águas e pastos. Só de boi, em tempo de corte, tenho duas mil cabeças, não contando com as madeiras bem mamadas e bem criadas de minhas posses. Corto pau até para o povo dos estrangeiros, seu doutor. Até para eles! E meu cafezal, emboramente novo, come toda uma aba de morro, desce pela várzea e afunda raiz em matéria de vinhático e jacarandá. Montei também engenho de açúcar, do que estou extraindo para além de dez mil arrobas na boca de cada safra. De gado fino, vindo do Piauí, sou possuído de nada menos de quatrocentas cabeças, foramente a sede da fazenda, que é do sujeito babar de tanta inventoria que tem. Até o tal do retrato a óleo mandei atarraxar na parede, figurando minha pessoa de terno cáqui, chapéu de senador na cabeça e botina amarela de jaca madura. Do alto do retratão eu fico vendo a varandona que é coisa de perder de vista. E o pomar, seu doutor? É um despautério de pé de fruta. Só vendo para acreditar. Só vendo!

O tranquilo Sá, acostumado ao bico fino dos coronéis de mato adentro, puxou uma fumaçada do palhinha e cravou este prego perguntador nos avantajados de Cajuquinha:

— Seu compadre, se mal pergunto, quantos andares tem sua fazenda? Quantos, amigo Cajuquinha? Quantos?

Cajuquinha Saião pegou o chapéu de aba larga e voltou para terras de Urubus. A única fazenda pequena por fora e grande por dentro.

# Gato com asma não mia

Quirino Feital era preguiçoso de raiz. Nasceu para figurar na folha de inativos. Vivia na casa de uns parentes em Jaguari do Sul. Vez por outra um primo de Quirino vinha com história de emprego para Quirino. E Quirino, já no vinagre:

— Só no ramo, parente. Só trabalho no ramo.

O ramo de Quirino era o de consertador de gramofone no tempo em que o gramofone tinha passado de moda. Quando havia ameaça de emprego à vista, Quirino sacava de sua velha asma. Era de ser ouvido longe, no outro lado da rua. Os vizinhos cochichavam:

— Tem perigo de emprego para seu Quirino. Já está de asma solta.

Nessas ocasiões Quirino aparecia todo embrulhado em cachecol, com seus gatos escondidos no peito, por causa do vento encanado. Era destroçando perna de galinha ou posta de peixe que Quirino lembrava:

— Essa doença de gato é de matar. O velho Elesbão Siqueira, um que tinha armarinho na rua da Praia, pegou uma asmona tão repuxada que assobiou três noites e três dias sem parar. Ficou tão arroxeado que explodiu e morreu.

Mas uma noite, depois de um joguinho de cartas, Quirino Feital anunciou que tinha ficado livre da asma. E alegrão:

— Matei a gataria do peito com caldo de rã. Não tem para desbastar asma como caldo de rã.

Toda a parentagem de Quirino bateu palmas. O primo Artaxerxes Feital, louco para desencravar Quirino de casa, aproveitou para dizer:

— Pois amanhã mesmo vou falar com o senador Zacarias Caçalho para lhe arrumar um galho no governo. O senador manda no governo. Uma carta dele é uma ordem.

Quirino, recebendo tamanha afronta assim em rosto, ficou branco de cera, botou a mão no peito e disse já em língua de asmático:

— Primo, tive uma recaída. A asma voltou, primo. Que desgraça!

E saiu miando de gato.

## Não é Cabral mas descobriu que é sem-vergonha

Dona Arabela Cerqueira, feliz da existência, mandando um telefonema na direção de sua amiga Belinha Castro:

— Bebé, o melhor negócio que fiz foi dinamitar a minha viuvez nas mãos de Jonjoca Cerqueira. Jonjoca é apreciador da vida ao ar livre, escoteiro fanático. Chega sábado de manhã e lá vai Cerqueira, de chapéu largo e mochila nas costas, fazer fogueirinha nos matos. Parece um colegial em férias. Na hora em que chega seu amigo Gaspar Vilarinho, de perna cabeluda de fora e corneta de lobinho na mão, apronto para eles a merenda e mando os dois embora. Uma graça!

Ligação de Jonjoca Cerqueira para um amigo:

— Não te conto nada, Belesdan. Inventei um negócio que até estou pensando em tirar patente de seus proveitos. Coisa genial, Belesdan. Saiba que sou escoteiro de mochila nas costas e machadinha na mão. Para não avacalhar, raspei o bigodão e podei as costeletas. Porque ficava meio chanfrado escoteiro parecido com um bode de gravata. Sou agora de fazer fogueirinha no mato. Todo fim de semana invento para dona Arabela que vou acampar em Magé ou Rio das Ostras, de parceirada com Gaspar Vilarinho, o La Cumparsita do Recreativo Resedá, um que demoliu a poder de desfalques a Caixa Beneficente dos Cegos de Andaraí. E, cá entre nós, mal a gente dobra a esquina de casa, deixa de lado a mania de escoteiro para pegar barra pesada. É em hotelzinho apropriado, seu doutor, que a gente vai acender fogueira, derramado sobre perna e braço de moça bonita. Lhe digo uma coisa, Belesdan. Quando a mina de lobinho e escoteiro for a pique, parto para esse negócio de foguete espacial. Fundo a Sociedade Científica Estrela do Sul, compro boné de astronauta, boto Vilarinho na garupa e nunca mais volto. Nunca mais!

## Os simpáticos vigaristas ou o triste fim de Don Beltrán de la Cueva

E foi com o nome inventado de Don Beltrán de la Cueva, o maior artista comedor de fogo de Espanha e África, que o nacional Bentinho Cruz, com uma lanterna de bombeiro na mão e chapéu de aba virada na cabeça, deu entrada em São José do Cerro para pegar o melhor quarto do Hotel Moderno. Antes, para fazer a praça, tinha vindo um certo Agapito de Almeida, sujeitinho feito às pressas, mas bem-falante e de bom faro comercial. Chegou e colocou na mão de São José do Cerro esta pechincha: um espetáculo do grande Beltrán de la Cueva em homenagem à distinta cidade e seu educado povo. E Agapito, com os dedos nas cavas do colete:

— Sorte dessas, meus senhores, só acontece uma vez na vida. O mundo inteiro vai falar de São José do Cerro e seus ilustrados habitantes.

A cidade concordou em acolher as labaredas de Don Beltrán de la Cueva. Por dois dias o secretário Agapito de Almeida não fez outro trabalho senão o de recolher dinheiros públicos e privados. Don Beltrán ficava encovado em seu quarto como cobra na desova. Vez por outra soltava um par de *buenos dias* ou um par de *buenas noches*, que era tudo que Bentinho Cruz sabia de espanhol. De noite, para impressionar o povinho de São José do Cerro, largava, pelo vão da janela do Hotel Moderno, dois palmos de labareda que a boca de seu maçarico fabricava. Cá embaixo, no meio da praça da Matriz, cercado de gente, Agapito comentava com os dedos nas cavas do colete:

— É Don Beltrán fazendo gargarejo, apurando o fogo.

Encurtando: dois dias antes do grande espetáculo, marcado para o rabo de um domingo, Don Beltrán e seu ajudante de esperteza pegaram o meio-fio da noite e caíram no mundo. E já estavam longe, astuciando novo golpe, na hora em que chegou a competente autoridade, e da competente autoridade para São José do Cerro foi coisa de dois bofetões e meio dia de trem. Em São José do Cerro, no dedão do delegado Bimbim Cardoso e a poder de cacetadas, Don Beltrán de la Cueva bebeu meio copo de querosene e soltou, diante dos olhos espantados de Agapito, uma labareda levada dos demônios. A danada, perdendo o prumo, subiu pelas paredes em risco de queimar o sargento ajudante de palmatória, um certo Leitão Bodó. Antes que a casa pegasse fogo, correu todo mundo. E na frente da labareda, ligeiro mais que o vento, Agapito e seu amigo bebedor de querosene corriam a todo pano. Na estrada, muito longe das garras de Bimbim Cardoso e do sargento Leitão Bodó, Agapito quis saber que mágica tinha sido aquela de Bentinho soltar fogo pela boca. E meio desconfiado:

— Tu é mágico mesmo, Bentinho?

E Bentinho:

— Que mágico, que nada, sujeito! Com tanta bofetada no cangote qualquer um solta labareda. Até sem querosene. Com água da bica.

Isso esclarecido, partiram para Piabanhas do Sul de modo a preparar novo e devastador assalto aos cofres públicos. Foi quando Bentinho Cruz resolveu despedir de uma vez o pobre Don Beltrán de la Cueva. Com estes fortes argumentos:

— Sujeito sem-vergonha! Apanhou da polícia de soltar carvão de fogo pela boca. Cretino! Agora sou Giuseppe Streparola, o maior atirador do mundo. Troquei o querosene pela pólvora.

E na qualidade de Giuseppe Streparola, o Atirador, chegou Bentinho Cruz em Piabanhas do Sul. Para o grande golpe da "bala de ouro".

## Coloque um fecho ecler nas suas esperanças

Em Pipeiras do Livramento, um certo Jordão Laporte, funcionário de pequeno calibre dos impostos municipais, largou uma cacetada de oitocentos quilos na direção do periquito do realejo de Jonjoca da Ponte. Na polícia, para onde foi rebocado pelos gritos do periquito, Jordão desabafou:

— Seu delegado, vai para mais de meio ano que esse descarado vem praticando enganações comigo. Tiro a sorte no bico dele, pago o estipulado pelo serviço, abro o raio do papelinho para ver tudo azul, tudo no maior favorecismo para mim. Por acreditar naquele bico enganador tenho passado pelos maiores vexames. Levei bofetadas de dona Rosinha Melo e peguei um tapa-olho de dois vidros de arnica da moça Aninha Cruz. Por causa que o periquito do realejo escreveu no papel que era meu dia musical, danei a tocar violão na festa dos Novais que foi uma desgraça. Quando dei por mim, estava a minha pessoa estatelada no meio da rua, esbagaçada de tanto bofetão. E na porta da casa o velho Novais aos berros: "Vai tocar assim nas profundezas dos infernos! Vai!" Com um periquito desse porte, seu delegado, eu não vou longe. Morro ainda na presente lua.

# 4

# ADEUS, MEU CAPITÃO, QUE AS SEREIAS GUIEM TEUS MARES

## Se a vida acabou, compre outra

Deixou o jornal na ponta da mesa e disse:

— Vim do dr. Famalicão Azeredo. O dr. Famalicão garante que estou com arteriosclerose. E das bem adiantadas, dessas que estão com a boquinha aberta para comer o padecente.

Ficou na cadeira de balanço, enquanto sua arteriosclerose corria, como lacraia, pelos corredores, entrava nos quartos e pulava pelas janelas, de modo a cair nos ouvidos de uns e de outros. De noite, a Pensão Chique já sabia inteirinha que Ataíde Cunha, das Rendas Mercantis, estava atacado de maluqueira. Sepúlveda Barbalho, hóspede de carreira da Pensão Chique, aposentado por uma bala na Revolta da Armada, que lia bulas de remédio e vivia botando a língua de fora na frente dos espelhos, ao saber da arteriosclerose de Ataíde, falou a meio-pau para os pensionistas:

— É negócio grave. É bom não contrariar o Ataíde. Pode ter um acesso e fazer bobagens. Fabilôncio Canabrava, caixeiro da antiga Casa dos Panos, comeu na peixeira a família dos Neves. Arteriosclerose é um perigo. Repito. É um perigo!

De repente, na Pensão Chique, ninguém queria mais contrariar Ataíde. O melhor bife era para ele, e a melhor cadeira para Ataíde era. Começou a ter um vidão. Vez por outra, telefonavam para a Pensão Chique relatando as maluquices de Ataíde:

— Quebrou uma barbearia agora mesmo na rua da Conceição só porque o barbeiro errou na marca da loção. Esse Ataíde é fogo nos móveis e utensílios!

De noite, em conversa de sala de visitas, Ataíde confirmava o fato, rememorava os murros que deu nos chifres de um sujeito que errou a marca de sua loção. A Pensão Chique tremia das telhas à despensa. O dono do estabelecimento, o velho Aragão Monteiro, reclamava:

— É bom não contrariar Ataíde. Pode ficar maluco.

No fim de um domingo, estando a arrumadeira Aninha de Melo em serviço de limpeza, foi convidada por Ataíde para uma conversa no escondidinho do quarto. A moça, que tinha um caráter muito bonito da cintura para baixo, quis gritar. Ataíde botou a mão no peito e ameaçou:

— Vou ter um negócio! Vou morrer agora mesmo!

Rapidinha, a moça permitiu ser tocada para o quarto, de onde só saiu no dia seguinte, para voltar de noite e sair de madrugada. A doença de Ataíde durou para mais de dois meses de arrumadeira. Até que uma noite, estando posto em sossego, bateu em sua porta o velho amigo Ortegal Barbalho, que veio saber que negócio de arteriosclerose era esse que andava comendo a saúde de Ataíde. E meio espantado:

— Isso pega, Ataíde?

Ataíde fechou a porta do quarto, chamou Ortegal para um canto e relatou que não andava contaminado de coisa alguma, que tudo era invencionice para viver de papo para o ar. E rindo:

— Não há como ter uma doença, seu compadre! Com parte de maluco, de sujeito com um parafuso de menos, já peguei duas promoções nas Rendas Mercantis, disse desaforos a meio mundo, botei na cara a maior costeleta de São João de Meriti, mudei o feitio do cabelo e caí em cima de tudo que é rabo de saia que passa na alça de mira de minha arteriosclerose. Quando meu panorama de maluco fica meio avacalhado, telefono com voz de mascarado, dizendo que Ataíde quebrou isso, que Ataíde quebrou aquilo. O pessoal da Pensão Chique bota a mão na cabeça e o velho Sepúlveda, um gagá que vive de comer folhinha da flora medicinal, arregala os olhos e aumenta meus desmandos. Lhe digo, Ortegal, que não tem nada melhor para fazer o sujeito progredir neste país do que fama de maluco. Uma arteriosclerose bem administrada vale mais do que o Banco do Brasil. Muito mais!

# Perfume não tem caroço

Dedé Cruz, por sentir no peito aquela vontade de falar com a viúva Alfemina de Melo, bebeu no Bar Progresso um espevitado meio palmo de Levanta Defunto de comum acordo com duas garrafas de cerveja. Em seguimento, deu um lustro no sapato, deixou palmo e meio de lenço pender para fora do bolso traseiro, foi para o espelho e falou:

— Se aquele frasco de aromagem que veio de Niterói, coisa fina e de muito preço, não tivesse perdido as forças por ficar desarrolhado, com duas lambuzadas dele no vão do sovaco eu botava a viúva Alfemina nos meus pés, suspirosa, feito tapete de entrada de sala de visita.

E na força desse pensamento Dedé Cruz rumou para Santo André do Seridó. E enquanto navegava na direção de dona Alfemina de Melo, Dedé foi pegando combustão de botequim em botequim. E assim ancorou num natalício de certo Juquinha Alves que Dedé nunca viu mais gordo. Entusiasmado, fraturou um samburá de garrafas de cerveja, pediu a palavra, fez discurso, quis casar com a dona da casa, levou uma surra, comprou no comércio de Santo André uma bicicleta, montou em suas duas rodas para quebrar a Barbearia Almeida, muito bem instalada na rua dos Latoeiros. E ainda de bicicleta saiu pela porta dos fundos, atravessou a praça do Mercado, entrou na casa do delegado, derrubou a mesa do xerife, foi preso e processado. E Dedé Cruz, já nas grades, falando sozinho:

— E tudo por não ter podido botar no raio do sovaco aquela perfumada feita em Niterói. Se boto, todo mundo caía nos meus pés. Feito tapete de sala de visita.

## Desculpe, seu dinheiro não deu para comprar as estrelas

E quando apareceu em Jubiá de Santa Rita o professor Ivan Ornoff, vidente de larga metragem, o prefeito Chiquinho Borges, que andava muito por baixo em seu prefeiturismo, mandou chamar a bola de cristal de Ornoff e encomendou:

— Faça umas adivinhações afiançando que no ano entrante vai ter obra pública em Santa Rita de assombrar o mundo.

E assim dizendo, passou para a mão do professor Ornoff uma pelega de um conto de réis. O adivinho foi embora e uma quinzena depois fazia estampar, nas páginas da *Voz Municipal*, umas profecias de segunda mão. Chiquinho Borges, diante do trabalho, pisou nos borzeguins. E, aos berros, mandou chamar o astrólogo:

— Que negócio é esse? Lhe dou uma nota graúda e sai uma adivinhação nanica, mais para chefe de seção que para um prefeito eleito e empossado.

E Ornoff:

— Pois é, seu prefeito. Com um conto de réis foi o que de melhor consegui arrumar. Não deu nem para chegar na soleira da porta das estrelas graudonas. Fiquei mesmo, seu Chiquinho, no varejo do céu.

## Não é a favor nem contra, muito pelo contrário

Relato que o xerife Bobó Reis endereçou, de Santarém do Pombal, às autoridades superiores:

*Rebentou na praça do Piolho, no último sábado, o maior desentendimento da gloriosa história de Santarém do Pombal. Foi coisa de se ver de longe, tamanha a poeira que levantou. Basta dizer que um automóvel velho, enguiçado na porta da igreja de Santa Teresa desde 1923, levou tanto empurrão que desandou a correr sozinho na frente do povo, que foi coisa de espantar. Tudo começou quando o major Tintim Ramos, num comício, chamou seu digno adversário de Matusalém de Santarém do Pombal. Aí o pau desceu sem a menor educação. Apanhou todo mundo e todo mundo deu em todo mundo. Até a velha Santinha Rosa, que nunca matou uma barata, lascou o cacete em Almeidinha dos Tecidos, de Almeidinha botar dois metros de cetim pela boca. Quando o vento da desordem passou, tinha coisa do arco-da-velha na praça do Piolho: doze garruchas, vinte facas de ponta, quatro pneus furados a bala, duas dúzias de figas de guiné, dezesseis cartas de recomendação, duas batinas de padre, reza contra cacetada avulsa, dois frascos de vaselina Danúbio Azul, um vidro de magnésia bisurada, três alicates, quarenta e cinco porretes, o retrato do falecido Castro Alves, dois acordeões, um serrote, duas pernas de pau, uma cadeira de rodas, três cabeleiras, um par de bigodes, vinte dentes sem dono, uma onça desmaiada, um bode de chifre desmontado, duas resmas de patuás, vinte e seis pares de botinas, duas almofadas de fazer renda de bilro, receita para nascer cabelo, um dente de vampiro, bem assim como um bilhete desabonador de dona Maritinha Codó para o coletor federal, marcando hora dele pular o muro e entrar no quarto dela. Quanto a mim, ganhei muito com essa desavença geral, pois tenho a honra de comunicar e participar aos meus ilustres e dignos superiores que fiquei vesgo de tanto bofetão que tomei em louvor da ordem pública. De agora em diante, estou aparelhado para trabalhar mais à vontade. Enquanto o suspeitante cuida que olho para outro lado, estou de vista zarolha em sua pessoa. No mais, tudo em ordem, apenasmente a prefeitura foi demolida e a casa da Coletoria Federal ficou em destroços, bem assim como Santarém do Pombal não existe mais. Morreu no furacão das cacetadas.*

# Vagas estrelas da Ursa Maior

A vida inteira Rubião Peixoto esperou pela herança do sogro, um imorrível Albuquerque Rebouças, dono de todo o comércio de São Joaquim dos Pilares. Quanto mais Rubião esperava, mais a vida de Albuquerque espichava. Era Albuquerque demais! Matou quatro enfartes a cacete e espantou, na raiz da nascença, uma ninhada de reumatismo de deixar qualquer cristão, que não fosse Albuquerque, em cadeirinha de rodas. Aí Rubião falou para Rubião:

— Esse cretino vai longe, esse cretino é um disparate!

E de tanto esperar, uma noite, estando em leitura de jornais depois de demolir uma feijoada especial, sentiu que seu atestado de óbito estava selado e preparado. Pegou uma pontada no peito e dessa pontada para o padre confessor foi negócio de duas consultas do dr. Saraivinha Pereira. E Rubião para o vigário em pedido de fim de safra:

— Meu padre, só tenho um desejo neste restinho de vida. Virar estátua de cemitério. Um bronze de palhaço de circo de cavalinho, calça larga, colarinho de elefante, sapato de ponta virada e na cara sem-vergonha uns óculos de rodas de bicicleta.

Parou, tomou um ventinho que pulava pelo corredor e arrematou, por entre lençóis e travesseiros:

— Um par de óculos para o palhação ver de longe a herança que não pegou.

E mais não disse porque morreu.

# MEU TRONO POR UM TELEGRAMA

Foi a Maragatos vistoriar terras de gado e de café. Prometeu voltar num par de semanas no mais tardar. Mas uma grossa manta de chuva, que desabou sem ser chamada ou conversada, deu com a visita de Nicanor Varejão por água a baixo, de vez que ensabonetou as estradas de não transitar nem pé de vento. Sem navegação para andar e terras que vistoriar, Varejão resolveu voltar para São Marcos do Taquaral, pelo que expediu telegrama avisando de sua chegada no rabo da semana. E foi adernado sobre malas e presentes que Nicanor, alta noite, entrou em sua casa da rua das Amendoeiras, para ver dona Aristotelina Varejão nos braços da desonra, no caso o coletor federal Santinho Guedes. Os cornos do bigodão de Santinho dormiam de velas soltas afundados nos dourados da cabeleira da linda Varejão. A primeira ideia de Nicanor foi providenciar uma desgraça, espalhar bala de matar onça naquele ninho de safadeza. Mas recolheu a pólvora e o revólver ao ver, sem roupa, aqueles belos apanhados que dona Aristotelina Varejão derramava pela cama. E em pé de ladrão, como se nada presenciasse, deu o visto por não visto e no dia seguinte foi reclamar de Zizinho Chaves, agente dos Correios e Telégrafos de São Marcos do Taquaral:

— Seu Chaves, para não trazer afronta ao coração mimoso de dona Aristotelina, passei telegrama avisativo de minha chegada. Pois cheguei e o raio do telegrama nada de bater na minha porta. Pelo visto, deve estar ainda viajando pelos fios do governo, com atraso de mais de meia semana. Assim é demais, amigo Chaves! Assim não tem marido que aguente. É o quarto delito de sem-vergonheza que pego no presente ano por culpa de telegrama. O quarto, Chaves!

E no mesmo instante tomou uma providência enérgica. Deixou de passar telegramas.

# Lança-chamas não foi feito para acender cigarros

Mestre em comemorações em São Filipe de Ubá era o professor Agarino Chagas. Não havia vermelho de folhinha que não levasse, pelo frontispício, dois rolos de discurso dessa sumidade, professor de História do Brasil no varejo e no atacado. Nos 7 de setembros e 15 de novembros, Agarino dinamitava, logo de manhã, o sono da boa gente de São Filipe de Ubá a poder de fogos e foguetões. O povo pulava da cama e dizia:

— Agarino está nos pavios. É feriado de folhinha.

A verdade é que Agarino era muito cioso desses comemorativos. Festa municipal, por exemplo, não encontrava muita guarida em seu baú de fogos e rojões. Quando muito, soltava Agarino dois ou três busca-pés acompanhados de um discurso de meio palmo na praça da Aclamação. Já os feriados nacionais mereciam um trato mais fino do preclaro mestre de História do Brasil. Agarino soltava, de manhã, dois ou três rojões, botava o anel de professor, vestia roupa mais ou menos e partia, de noite, para um discurso, também mais ou menos, no Centro Cívico D. Pedro II. Mas nas festas nacionais, nos 7 de setembros, o patriotismo do bom Agarino fervia em modo de panela de pressão. Logo de madrugada era aquela Guerra do Paraguai de tanto rojão, foguete e foguetinho. E depois que Agarino comprou garrucha, era a poder de bala que seu entusiasmo reforçava a pólvora dos seus comemorativos. E de tarde, de terno cortado em tesoura fina, de polainas e colarinho de pontas viradas, Agarino atravessava a praça da Aclamação para fazer discurso de duas horas e meia na Câmara de Vereadores de São Filipe de Ubá. Parava gente para ver o professor trafegar em dia de comemorativo nacional. O tabelião Julinho Pereira, presidente da Maçonaria de São Filipe de Ubá, dizia ao ver o mestre em tarde de glória, de óculos e chapéu de discurso de cinco rolos de papel:

— É demais! A cidade não comporta. É prosopopeia para a tal de Paris. Ou mais que isso!

Certa feita, o prefeito Janjão Façanha consultou o professor Agarino a respeito de uns comemorativos da comarca, coisa pequena, uma dessas datas perdidas na miudeza municipal. Agarino, com um volume da *História do Brasil* de Rocha Pombo na mão, pulou nas molas:

— Olha para minha cara, seu Façanha! Tenho responsabilidade. Vou lá perder tempo com esse ovinho de lagartixa, eu que sou especial em datas de vinte rojões e cinquenta foguetes de lágrimas! Tenha paciência. Isso é coisa desimportante, seu Façanha. Isso é data para busca-pé.

## Borboletas azuis sem Casimiro e sem Abreu

Alípio Guedes apareceu em Santo Antônio de Cacimbas meio sobre Casimiro de Abreu das borboletas azuis. Melhor explicando, veio cabeludo e de bigode desabado pelos barrancos dos beiços. Arrumou uma tosse e no pé da tosse o emprego de correspondente na Charqueada Miramar. E entre uma carta e outra derramava pelas colunas da Aurora de Santo Antônio seus bemóis mais doloridos. Isto é, dedicou um soneto ao major Toledano Meireles. E Toledano, com Meireles e tudo, perdeu as eleições, do que resultou Alípio angariar a primeira surra. E outra surra angariou quando teve a oitavada ideia de armar um acróstico em louvor da menina Bicudo de Morais, filha de um Morais que apitava feito trem e do trem possuía a força. Na letra C do acróstico já Alípio era esparadrapo de corpo inteiro. E a última surra que levou o menestrel foi por conta do Santo Antônio F. C., o triturador esquadrão nunca batido em dez anos de bola e chute.

Dedicou Alípio um sonetão ao time e foi aquele derramamento de gols. Um torcedor lembrou:

— Foi artimanha daquele esvaidinho da Charqueada Miramar. Desovou umas prosopopeias em louvor do Santo Antônio que foi uma vez só. Esse sujeitinho é urubu. E de dar azar em rama.

Depois dessa surra esportiva Alípio Guedes tomou direção. Deixou de escurecer as páginas da Aurora de Santo Antônio com seus bemóis e sustenidos e perdeu o uso da fala. O pessoal da Pensão Toledo, onde Guedes morava, começou a cochichar pelos cantos:

— O moço ficou burro.

O patrício chegava e perguntava qualquer coisa. E Alípio:

— Burrr! Burrr!

E certa noite, em confidências para o diretor da Aurora de Santo Antônio, sem nenhum ouvido nas imediações, Guedes foi franco:

— Nada como ser burro, amigo velho. Nada! Estou até amontoando dinheiro no Banco Hipotecário. Com mais duas ou três temporadas de animal de rabo, chego a prefeito, amigo velho. Ou mais.

E foi assim, burrão, cismadão, que Alípio Guedes pegou os mais altos postos da jurisdição dos condados deste país. De terno preto e livro de contabilidade embaixo do braço.

## Paulada de maus bofes contra golpe do baú

E ao saber que em São José do Limoeiro chovia moça rica no casamento da rapaziada, Amphilacyo Guedes procurou o conselho de Balduíno Cunha, seu amigo dos dias de bola de gude:

— Cunha velho, quero dar o golpe do baú em cima de moça rica de São José do Limoeiro.

Balduíno, depois de dar uma vista de olhos em Amphilacyo, desaprovou:

— Não dá, Amphilacyo. Com essa cara de lata de sardinha, o amigo não apanha nem caxumba quanto mais moça endinheirada em São José do Limoeiro. Te digo, Amphilacyo, que uma panela de pressão amassada ganha de tua pessoa em beleza. Além do mais, teu jeito de 1920 não ajuda. Ninguém usa mais cabelo tipo escovinha, a não ser soldado raso. Vai no espelho, Amphilacyo. Tua cara é um baú velho, e teu nome, um pontapé no baço. Ainda mais com ipsilone. Te dou um conselho de amigo. Passa uma vassoura em tua pessoa, atocha um bigode por baixo do nariz e deixa cair um par de costeletas pelas abas da cara. Quando te vires feito espanador, jorrando cabelo até pelo buraco das orelhas, vai ao alfaiate e entra por baixo de um terno zebrado, negócio de ser visto de longe. Lasca o paletó dos lados, larga nos punhos umas abotoaduras do tamanho de roda de bicicleta, compra uma passagem e cai na praça de São José do Limoeiro que não vai faltar menina rica para desabar no teu ipsilone.

Amphilacyo fez o que o mestre mandou. E foi assim, por trás de um bigode de rabo de raposa servido por duas costeletas de alto calado, que Amphilacyo pisou o largo do Vintém já de olho pega-moça em cima da meninada de São José do Limoeiro. Um mês depois, recebia Balduíno Cunha do amigo este esclarecedor bilhete: "Segui teu conselho. Não deu pé. Perdi o bigode no alicate do delegado de São José do Limoeiro e as costeletas foram extraídas a socos pelo pai da primeira moça que ataquei com ofensa de casamento. Cunha, entrei na cidade de paletó lascado e saí vestido de baiana. De salto alto e brinco na orelha."

# Cachorro velho não late à toa

Por não ter emprego, um tal de Belisário Bendengó foi ser leão de chácara de Arturzinho Palhares, sujeito que vivia mordido de cobra. Por qualquer bobagem, abria as cancelas do gogó para dizer desaforos. Era mais conhecido em Pontal de São José por Arturzinho Boca Suja. Não havia semana que não armasse um bode de sete chifres. E na hora do aperto, botava o gramofone para funcionar:

— Bendengó, vem cá fazer uma faxina na cara deste atrevido, que estou de mão limpa e não tenho tempo a perder!

Aparecia Bendengó, grandão, para resolver no braço as brigas de Arturzinho. E entrou em tantas, pegou tamanhas cacetadas por conta de Arturzinho, que uma noite procurou o boca de cobra para dizer:

— Pois é! Assentei praça no seu serviço com a metragem de quase dois metros de altura. Nesse tempo todo, seu Arturzinho, levei tanta paulada que dei de encurtar. Nesse andamento, vou acabar anão, seu Arturzinho.

E Arturzinho Boca Suja:

— Seu Bendengó, que melhor serviço tu vai querer? Quando sair do meu trabalho tu pega um cargo de anão de circo de cavalinho que é a coisa mais bonita do mundo, seu Bendengó.

## Adeus, bogaris de minha vida!

Quando os bogaris de 1922 botaram a carinha de fora, Gervásio Bonfim, subchefe da Seção dos Encanamentos e Ligações, sentiu um repuxo no peito. Sabia que doença era: seu amor encravado pela menina Chiquinha Guedes. E no vento desse repuxo, Bonfim tomou uma deliberação definitiva. Morrer! Era melhor apagar de uma vez do que viver a prestações, preso a um olhar ou a um bom-dia de Chiquinha Guedes. E fechando a gaveta da subchefia dos Encanamentos e Ligações:

— Está resolvido. Vou beber veneno.

Na Confeitaria Princesa, com arsênico junto da cerveja, Bonfim foi ao telefone de manivela e ligou para Chiquinha. E, já em voz de meia-tigela, disse de suas intenções:

— Adeus, Chiquinha. Leia nos jornais.

Chiquinha, quase estraçalhando o fio do telefone, pediu que Bonfim suspendesse o suicídio:

— Que bobagem! Vem cá. Estou sozinha em casa. Mamãe foi a uma sessão espírita. Só volta tarde da noite. Vem correndo, Bonfim.

Bonfim correu e casou. E sobre esse casamento o tempo navegou por cima dos dias, dos meses e dos anos. E dependurou nas bochechas de dona Chiquinha os maiores babados da velhice. E nele, no bem-apanhado Gervásio Bonfim, colocou uma barriga de nove meses. E um domingo, estando em sua casa da Vila Del Prates, no Encantado, viu de novo os bogaris de carinha de fora. Da cozinha, como um soco nos tímpanos, a voz gorda de dona Chiquinha mandava:

— Bonfim, vai comprar banha na Mercearia Gonçalves. Compra da mais barata que não estou aqui para engordar comerciante sem-vergonha. Traz também tomate, Bonfim. Do menor, daquele miudinho que nasce em fundo de quintal, perto das latas velhas e das cercas de bambu.

Bonfim olhou os bogaris e sorriu. Entrou no Bar da Ponte, pediu cerveja preta, embrulhou tudo com arsênico e nunca mais comprou nada para dona Chiquinha Guedes. Nunca mais.

## Lubrifique a adivinhação quando estiver falhando

Foi ao adivinhador Neném de Barros e mandou que adivinhasse coisas de sua vida. Neném sacudiu a bola de cristal, disse uns ipsilones, pegou os cinco mil-réis do cliente e mandou que fosse embora. Uma semana depois, com o nariz em molho de esparadrapo, o homenzinho voltou para reclamar de Neném uma adivinhação falsa:

— Seu Neném, dei em cima de dona Lembrantina das Neves e quase fiquei sem nariz. Que adivinhação é essa, seu Neném?

E contou que dona Lembrantina largou em sua canela um cachorro de dois pavimentos. Tão grande que danificou metade de seu nariz, a loja de louças onde trabalha, uma lambreta que estava na porta, um carrinho de mão, uma bicicleta, uma quitanda, uma banca de sapateiro e ainda comeu uma carta de recomendação do presidente da Loja Maçônica de Paracatuba e bebeu um frasco de Loção Flor de Primavera. E concluindo:

— Teu adivinhador, Neném, está precisando de uma limpeza geral.

E Neném, furioso em cima dos sapatos:

— Tu é que é um cretino! Tu errou de porta e foi dar de cara com um tanque de guerra em dia de batalha. Tu não carece de adivinhação. Tu carece é de um par de óculos!

## Mágico sem competência não solta pombinho

Agapito Leitão pisou pedras de Lindoso do Alegrete para assentar praça de mágico. Acendeu o charuto na porta do Hotel da Estação e disse que era contratado do Gran Circo de Madrid. E como Lindoso do Alegrete estivesse em tempo de festa, caçando fundos para obras de igreja, logo apareceu uma comissão de senhoras com o vigário a bombordo: as virtuosas damas de Lindoso do Alegrete foram convidar o mágico para dar o ar de suas mágicas em louvor de Nossa Senhora das Dores. Agapito Leitão não conversou. Chegado no palco, dando de mão num saco de dinheiro angariado de tostão em tostão, deliberou:

— Vou fingir que como essa dinheirada. Só fingir.

E diante do respeitável público comeu o saco de fio a pavio, tostão por tostão. Já verde, barrigudo de tanto níquel, voltou ao Hotel da Estação para desovar os angiados. Dias depois, restabelecido, foi ao espelho e falou enquanto passava brilhantina no bigode:

— Tu não tem remédio, Agapito. Tu gosta de passar pelo que não é. Em Cipó Branco, com parte de mestre de cavalo, domador dos pampas, tu levou um coice de viajar três dias e três noites pela atmosfera. E mal tu desembarcou do coice, tu logo apregoou que era campeão de boxe. Motivo por que tu apanhou sova de soltar fumaça de um tal de Jack Peitão. E agora, neste cafundó de Lindoso do Alegrete, tu vem de mágico, fazendo Agapito Leitão recolher duzentos mil-réis em moedinha de tostão. E a seco, seu cretino!

Pagou as contas no Hotel da Estação e partiu para Sobradinho do Areal, onde disse que era toureiro. Toureiro do Gran Circo de Madrid.

# Todo barnabé tem seu dia de ministro

Tocantins Pereira viu passar vinte anos pela sua mesa de amanuense da Secretaria de Fomento. Vinte anos de processos sobre zebu e capim-jaraguá. Lá fora, longe da caneta de Tocantins Pereira, passaram resmas de moças, jardins de flores e cachos de luar. Aos domingos, na Pensão Saraiva, no Engenho de Dentro, Tocantins varava os processos de Fomento com fúria de saca-rolhas. Alma de portaria, sempre movido a regulamento, não teve olhos para uma certa Mercodenes Silveira que esperava por ele toda tarde na sala de visitas da Pensão Saraiva. Não adiantou Mercodenes estreitar a cintura e mostrar as boas e variadas fatias de que era servida. Às vezes insinuava:

— Seu Tocantins, está levando uma Theda Bara no Cinema Guarani que é uma beleza, seu Tocantins.

Cansada de trabalhar em seco, a moça da Pensão Saraiva transferiu sua paixão para outro bairro. E sobre essa transferência os anos rolaram. Até que uma tarde, no Mercado das Flores, Tocantins ouviu aquela voz feita de asas de borboleta:

— Tocantins, Tocantins!

Era dona Mercodenes, que parecia ter saído de uma vitrina de modas. Tinha casado com um senador, homem de recursos e de poder. Que ele, Tocantins, pedisse o que bem quisesse. Morava sozinha em Santa Teresa, uma vez que o senador andava longe, tirando o Brasil da beira do abismo a poder de discurso. Que ele aparecesse, dispensava a criadagem. E maliciosa, de dedo enluvado quase no beiço do informador de papéis da Secretaria de Fomento:

— Peça o que quiser, Tocantins. Não tenha acanhamento. Ninguém vai saber de nada.

Então, dando pontapés em vinte anos de boi zebu e capim-jaraguá, Tocantins desembuchou:

— Se não é pedir muito, dona Mercodenes, eu queria ser transferido para as Rendas Aduaneiras. O senador seu marido pode fazer isso. É do regulamento. O senador pode fazer, que eu sei que pode, dona Mercodenes.

Mas já dona Mercodenes estava longe. Longe para nunca mais.

## Abdad, o Beduíno, em tom maior

E por estar desempregado, seis meses separado de um bife de caçarola, Protestato Forjado resolveu ser mágico. E foi assim que Protestato Forjado virou Abdad, o Beduíno. E como Abdad, o Beduíno, apareceu no Pavilhão Japonês para fazer magiquismos. Cumprimentou a seleta assistência e pediu que um cavalheiro da plateia subisse ao palco para participar do número nunca visto:

— Vou cortar no meio, sem o menor perigo de sangue, o distinto que tiver a coragem de entrar neste caixote.

Logo, saliente como se tivesse dois metros de tamanho, pulou o anão Julinho Namorador, que colocou seus sessenta centímetros à disposição de Abdad, o Beduíno. De serrote em punho, depois de fazer o aço cantar para os ouvidos da seleta assistência, Forjado começou a cortar a madeira com furor de possesso. Foi quando do fundo do caixote, estilhaçando tábuas, veio aquela vozinha afunilada de Julinho anão:

— Socorro! O mágico está exorbitando! Vou ser serrado em vida. Socorro!

E Abdad, o Beduíno:

— Te vira, nanico de uma figa! Te vira que eu não brinco em serviço. Só agora, na ponta do serrote, é que tu entendeu que eu não sou mágico de coisa nenhuma? Só agora?

Foi uma batalha para extrair o anão das garras de Abdad, o Beduíno. Na mão do xerife, todo encarnado de mágico, Protestato desabafou:

— Povo engraçado! Se a gente solta um beija-flor ou uma andorinha, todo mundo faz pouco, achando que isso é coisa boba. Quando a gente larga na praça um número tinhoso, coisa de estremecer a plateia, é esse zunzum, é essa gritaria, de ninguém poder serrar um anão em paz e conforto. Por essas e outras é que esta nação nunca vai ter mágico de verdade. Fica tudo nessa palhaçada de tirar bandeirinha da bengala e pombinho da cartola.

## Ser cavalo, nem de São Jorge!

Neco Rosa pedia esmola, na porta da igreja do Rosário, em São Romão do Beco, armado de um estrondoso cão-pastor. Juquinha Goió fazia o mesmo com um vira-lata, na praça do Mercado. Juquinha era pobre de pires na mão. Implorava ajuda metendo a voz entre as pernas, como cachorro sem dono. Neco era de outro tipo. Falava de cima. O sujeito passava e Neco engatilhava seu pedido. Neste jeito desempenado:

— Uma gratificação, cavalheiro!

O patrício coçava os bolsos para tirar uma esfarrapada nota de cinco ou dez mil-réis. O olho de máquina registradora de Neco Rosa via e recusava:

— O distinto vai desculpar, mas bonificação para um sujeito munido de cão-pastor não pode ser coisa pouca. No barato, meio conto de réis, seu doutor. E assim mesmo porque estou iniciando o negócio e quero angariar freguesia. Depois, com a praça feita, subo a tabela. Mire o amigo o rabo de raposa do meu auxiliar. Parece um penacho! Na Caixa Econômica é rabo para ser empenhado por quinhentos contos de réis. Ou mais! Para sustentar tamanha ilustração, gasto os tubos. O barbeiro Tonico Alves recebe uma bolada só para pentear a cauda do pastor. Abri conta de vaselina na Drogaria Dois Irmãos só para dar brilhismo no pelo dele. A carne que o bichão mastiga é um sorvedouro de dinheiro. É mais barato sustentar um hotel a alcatra do que este cão-pastor a bofe. O meu cachorro é movido a presunto, seu doutor. Presunto de primeira!

Se a bonificação vinha, Neco Rosa agradecia. Se não vinha, Neco Rosa abria a torneira dos desaforos:

— Vai, unha de fome! Vai dar teu dinheiro esfarrapado a Juquinha Goió, que pede esmola com um vira-lata cruzado com tapete de consultório de dentista. É o que eu digo. Esta terra de São Romão do Beco nunca que vai para a frente. A gente bem que faz força, trabalha pelo progresso do condado. Mas ninguém colabora. Este chiqueiro não comporta um sujeito da minha estampa. A bem dizer, eu devia ser sustentado pelo pessoal do governo a pão de ló, que não tem, nem na Bahia, nem em outra parte alguma, ostentamento igual ao meu. O que dá mais nesta nação é ceguinho de bengala e perneta de porta de igreja, tudo municiado de cachorrinho vagabundo, de reco-reco de fome nas costelas. Empato um capital deste tamanho para aparelhar São Romão do Beco de um pedinte da minha grandeza e a paga que tenho é nenhuma! Por essas e outras é que vou acabar fechando o negócio e entregando as chaves do cão-pastor ao dr. Arturzinho Cará, que vai fazer do rabo dele uma peruca. São Romão do Beco só tem competência para arcar com responsabilidade de mendigo esfarrapado, de fala de fome e urubu no ombro. Não é uma terra. É um curral.

## Não é barbeiro mas corta cabeleira de cometa

O professor Licurgo de Melo, depois de receber carta lacrada de Rio Verde, pediu uma reunião especial da Associação Comercial de Sapé do Fundão. E de preto, carta encafuada no bolso, partiu para fazer seu pronunciamento, que foi curto mas importante. Firmando os óculos e apurando a voz, fez ver aos honrados comerciantes e demais autoridades de Sapé do Fundão que um enorme cometa estava para passar pela cidade no dia 23 de agosto. E de carta em punho:

— Recebi comunicado do governo. Carta lacrada. Coisa séria.

Para começo de providência, o prefeito Juju Cunha meteu o dia 23 de agosto nas malhas de um feriado deste tamanho. Enquanto isso, o comércio de Sapé do Fundão lascava mais vinte por cento no preço das mercadorias. E dona Bobó de Araújo, mestre de Letras, varejou sobre o cometa um par de sonetos. E Pedrinho Vinhais, da Farmácia Esperança, comunicou não aviar receitas no dia 23 de agosto por motivo de ser o cometa contaminador da atmosfera. E por via das dúvidas, o delegado Xibó Matoso enviou às autoridades superiores um cauteloso relatório onde pedia reforço de verba e de soldados. Assim justificava o esclarecido xerife seu ponto de vista: "Quero ficar aparelhado para o que der e vier. Se o tal do cometa chegar em paz, a gente até faz discurso, pede ao professor Licurgo de Melo para falar sobre a Tomada da Bastilha, além de largar na praça da Matriz a Banda Mocidade do Sapé com seus afinados dobrados em louvor do aparecido. Se, de contrário, o cometa vier com partezinha de valente, querendo abusar do ilustrado povo desta jurisdição, compete à autoridade nomeada pelo Diário Oficial, que no caso sou eu, enquadrar o abusado no torniquete da Justiça, pelo que já mandei o escrivão Nequinho Azurém fuçar os códigos e parágrafos para ver no qual deles calha o indigitado." E, arrematando esse jacá de providências, dona Ricolina Rios, viúva sem saída desde 1919, comprou luneta e bicicleta. Pensamento dessa ilustre dama: "Pode chover homem e eu, municiada de luneta e bicicleta, levo todas as vantagens. Corro logo na direção da chuva."

## Gasolina não é aspirina mas extrai dor de cabeça

Nicanor dos Remédios, dono da Farmácia Esperança, era valente por fora e mole por dentro. Tinha um fraco: dizer desaforos. Pegando um tal de Antiórgenes Barbeitas na alça de mira de sua deseducação, mandou chumbo:

— Sujeitinho feito por correspondência, frouxo pior que algodão em rama! Lhe quebro o focinho de não ter dentista que dê arranjo!

E o atrevido não foi mais longe porque Antiórgenes, com um soco de desempenar madeira, cortou a prosopopeia dele no meio. Sem sentidos, foi rebocado para o Posto Dois Irmãos, onde ficou com a cabeça encostada na bomba. Foi quando um ajudante de caminhão, que almoçava na sombra do carro, lembrou que gasolina rimava com desfalecimento e queda de cabelo:

— É um porrete! Levanta até defunto.

Logo abasteceram o farmacêutico Nicanor com um pano encharcado no nariz. Foi um santo remédio — Nicanor abriu os olhos, deu dois pinotes de cabrito e em carreira maluca ganhou a estrada. E o dono do Posto Dois Irmãos, admirado desse correr:

— Se a gente enche o tanque, ele era Nicanor de levantar voo.

# O leão que escorreu pelo meio-fio

Euma tarde o velho Abreu Castanho viu que seu estabelecimento de Cajueiras de Macacu, o famoso e afreguesado Empório Leão do Oriente, estava espremido entre dois prédios que subiram em pés de quatro andares sem Abreu perceber. Botou a mão no queixo, balançou a cabeça e disse de Abreu para Castanho:

— É um desaforo! Vou tomar providências.

E mandou fazer uma tabuleta que ficasse na altura dos dois prédios espremedores, como se o Empório Leão do Oriente tivesse mais três andares. Obra acabada, verificou que aquele tabuletão vazio, todo branco, não calhava bem. E mandou chamar um certo Elpidinho Boa-Morte para que pintasse um rugento leão no corpo do painel. Veio Elpidinho e deu o preço:

— Leão sem mais nada, liberado em mato ralo, cinco contos de réis. Leão acorrentado, como nas folhinhas de fim de ano da Padaria União, mais meio conto de réis, que corrente dá trabalho e come tinta.

Abreu, usurário conhecido e apregoado, de só comer uma vez por dia para não passar os talheres, nem conversou. Foi dizendo:

— Não carece o amigo de fazer um leãozão orgulhosão de rabão e juba. Pode trabalhar um filhote dele pelo motivo de gastar menasmente tinta e ser o efeito o mesmo. Ademais, embirro com bicho preso, acorrentado e amordaçado.

Elpidinho, diante da choradeira do velho Abreu, fez um leão de dois contos de réis, coisa reles, que mais parecia um gambá cruzado com espanador. E, mal a obra de Elpidinho foi inaugurada, sobreveio um temporal em Cajueiras de fazer sumir nas águas o leão da tabuleta, sem deixar nem um saldo de pelo ou unha. Chuva passada, Abreu foi reclamar de Elpidinho a obra desfeita. E diante da tabuletona:

— Escorreu tudo feito alvaiade, de não restar nem lembrança do bicho, seu Elpidinho!

Elpidinho olhou e refutou:

— Isso mesmo. É o que dá a sumiticagem. Se fosse um leão acorrentado, como era de direito fazer, nunca que saía da tabuleta por mais chuva de corda que chovesse. Mas que podia esperar o amigo Abreu de um leão de dois contos de réis, magro e avacalhado? Nada.

E deu a conversa por acabada.

# Que jardim é esse com gambá no meio?

Jupiaçu Pereira comprou terno novo, vazou o vidro de Extrato Flor dos Pampas no lenço e nos desvãos da sovaqueira, olhou o espelho e falou de Jupiaçu para Jupiaçu:

— Estou demais! Um Jupiaçu assim nem é para casar em Cacimbas do Livramento. É para chegar em cidade de respeito e escolher as distintas que bem entender.

E nos braços do Extrato Flor dos Pampas foi pedir a mão da menina Glicéria Dantas em casamento. De passagem, arrebanhou um ramo de flores e seguiu em cima das botinas novas para a casa da moça pretendida. Chegou, pegou cadeira e esperou que o pai da menina viesse abrir os trabalhos. O dono da casa veio vindo, arrastando seus chinelos, assuntando o ar, espiando Jupiaçu e seu ramo de flores por baixo dos óculos. E quando recebeu aquele bofetão de extrato pelo nariz, indagou:

— Que jardim é esse com gambá no meio?

O casamento de Jupiaçu Pereira entrou por uma porta e saiu por outra Quem quiser que conte outra.

# Loção Noite de Bagdá apaga incêndio e desentope pia

Leitão Pereira agradeceu as palmas dos funcionários, endireitou a aba do paletó preto, sacou de um discurso e começou a debulhar páginas e mais páginas sobre sua posse como diretor do Fomento das Águas Minerais. E tão entusiasmado ficou que esparramou a socos um bando de salgadinhos bem assim como varejou longe uma matilha de copos de guaraná que esperava pelo fim da discursama. Nesse capítulo, quando Leitão Pereira estava tirando o Brasil da beira do abismo, uma voz pulou de moleque bem no cangote de seu discurso para dizer:

— Deixa de besteira, Pereira! Larga essa farsa de bode, de só falar para sujeito careca e senhora pelancuda. Deixa de lado o teu Rui Barbosa e te prepara que hoje tem tango argentino no Milonguita. Um *mano a mano* daqueles em que tua pessoa aparece de sapato carrapeta no pé e chapéu de toureiro mexicano na cabeça. Vai, Leitão. Vai para tua casa, mete o jaquetão de oito botões e a peruca de cabelo escorrido na testa. Te espero na porta do Milonguita. Não esquece de guarnecer a cova do sovaco com a tal da Loção Noite de Bagdá, de muito uso e proveito. Além de desempestear as partes contaminadas pela labuta do dia, serve para apagar incêndio e desentupir pia. Até logo, Pereirão!

# Eternidade não é depósito de maridos

Era viúva de longo curso, era Edigardina Palhares. Vinha de passar pelos braços de quatro maridos, todos quatro bem morridos, com boas aposentadorias e bons montepios. Quando tomou, pela quinta vez, estado com Peixotinho da Paixão, aposentado de coletor federal, a cidadezinha de Miraí riu de alto a baixo. É que o dito Peixotinho andava pelas ruas como se tivesse uma arroba em cada pé. Engomava o chão. Além do mais, tinha cara de óleo de fígado de bacalhau e jeito de poção de duas em duas horas. Gentil Feitosa, dono da Malharia Maravilha, não parava de dizer em tom gargalhoso:

— Peixotinho não passa dos proclamas. Digo que não chega ao altar. Se chegar, morre no vento da lua de mel.

Engano dele e de toda a cidade de Miraí. De manhã, um dia depois do casório, quando todo mundo esperava sair da casa da viuvona de quatro maridos um Peixotinho de padiola, moído pelo serviço da lua de mel, o que a cidade de Miraí viu, espantada, foi um Peixotinho novo, esfregando as mãos, rindo para os amigos e dando bananas para os inimigos. E na direção de um conhecido que passava:

— Estou na força de menino novo! Não tem poção melhor para retemperar o organismo do que um casamento de tardios tempos.

Do mirante da Malharia Maravilha, embrulhado em cachecol, o velho Feitosa não queria acreditar:

— Não pode ser! Deve ser outro. Deve ser outro.

Não era. Era Peixotinho em cima de seus borzeguins. Com o correr dos meses, desempenou ainda mais. E ao atravessar o primeiro semestre deu para falar grosso:

— Não tem como um casamento bem talhado para retemperar o organismo. Não tem!

E andava Peixotinho no gozo de seus direitos de marido, da cama à despensa, quando, sem mais nem menos, desapareceu. Onde foi, onde não foi? Dona Edigardina, aflitona, estampou anúncio, apelou para as autoridades, mandou telegrama até para um primo deputado. E Peixotinho sumido de nunca mais. Sendo assim, muito tocada do coração, a boa Edigardina deu Peixotinho por morto, pelo que deliberou mudar de jurisdição, sair de Miraí e estabelecer o luto em Bom Jesus do Monte, de modo a poder gozar mais a gosto as aposentadorias e montepios acumulados no decorrer de cinco maridos. E mais tarde, no braço do sexto compromisso, o moço Chiquinho Braga, dono de boiadas em Mato Grosso, Edigardina abriu a caixa de segredos, dizendo como havia colecionado tantos proveitos num saco só:

— Os quatro primeiros pranteados até que não deram trabalho. Retirei os montepios deles no vidro ralado e no arsênico das feijoadas. Não tem como uma boa feijoada para encaminhar um bom montepio. Não tem! Só o derradeiro pranteado é que custou a desencarnar. Era um tal Peixotinho, velho enganador como nunca vi outro igual! Cuidei que estivesse nos últimos furos da vida e não é que o teimoso começou a trabalhar de marido num fogo nunca visto? Logo apaguei o fogareiro dele. Extorqui a aposentadoria de Peixotinho a poder de cacetadas.

Essa última parte da ilustrativa confissão da esposa Chiquinho Braga não ouviu. O arsênico não deixou.

# Se a mágica enguiçou, chame o mecânico

Jonjoca Pires, com o garboso título de Mago de Bagdá, foi fazer mágicas em Jundiaçu, cidade que muito apreciava coisas de nove-horas e novidades. Tanto que o Teatro Japonês pegou enchente da boca aos camarins. Na noite de estreia, Jonjoca cansou de tirar do bolso e da cartola pombinhos, lenços, bandeiras, bandeirolas, flores, nuvens de pó de arroz e até um peru. Depois desse varejo, que durou um quarto de hora, é que Jonjoca apresentou sua obra-prima, o famoso "chicote de fogo", com que vinha assombrando o mundo todo, segundo suas insuspeitas declarações. E de chicote em punho, Jonjoca começou a fazer prosopopeias e visagens. E de repente, o chicote de Jonjoca, perdendo os freios, deu de assobiar de cobra por cima da cabeça da seleta assistência, o que fez dona Ambrotilde, mulher do promotor público Galileu Feijó, gritar:

— Pede a prisão preventiva dele, Feijó!

Não teve mais jeito nem remédio. O chicote, como um possesso, desandou a dar surras em série no lombo da ilustrada plateia do Teatro Japonês. No palco, vermelhão e embaraçadão, o Mago de Bagdá tentava segurar a mágica pelo rabo. Em vão. O chicote zunia de vento e soltava faísca de estrela. No meio da confusão geral, gente caindo pelas tabelas, senhoras desmaiando por cima dos maridos de outras senhoras, Jonjoca avisou:

— Desatarraxaram o parafuso da mágica, gente! Quem quiser ficar vendo essa desgraça que fique! Eu vou embora.

E caiu no mundo.

# Quando a velocidade for grande jogue as âncoras para Deus

E de repente, como um raio, a motocicleta pilotada por Afonsinho Flores, ajudante de botica em Cruz das Almas, entrou, sem licença, na casa de José Kalil levando José Kalil, o gato de José Kalil, a vitrola da filha de José Kalil, o retrato da sogra de José Kalil fantasiada de cigana e ainda teve forças para danificar um galinheiro que trabalhava em aves e ovos no fundo do quintal. E quando, diante do delegado Santinho Bessa, Afonsinho confessou que nunca tinha botado fundilhos em motocicleta, que era despreparado de motor como ele só, o xerife Bessa pisou nos calos e ameaçou enquadrar o aprendiz de boticário nos mais negros parágrafos e leis de xadrez do Brasil. E de dedão verrumoso no nariz de Afonsinho:

— Perto do que vou te largar em cima, mordida de surucucu é beijo de moça, é refresco de groselha!

E Afonsinho, procurando sair das leis e dos negros parágrafos de Santinho Bessa:

— Mas quem foi que disse, seu Santinho, que montei naquela desgraça por minha própria vontade? Ligaram o motor e me largaram, sem carteira de trânsito e sem mais nada, em cima da trapizonga que já saiu soltando fumaça e tiros a cento e oitenta quilômetros por hora. Que queria sua pessoa que eu fizesse? Que ganhasse para o povinho de Cruz das Almas o campeonato mundial de velocidade?

# Adeus, meu capitão, que as sereias guiem teus mares

Como, em tempos dos antigos, pratrasmente de muitos anos, tivesse navegado em água mansa e no leme sem perigo de canoa de rio, pegou feitio de capitão de longo curso. E ao dar baixa, não por avarias de mar salgado, mas por contaminação de bronquite chiadeira, Gaspar Dias de Ataíde e Sousa foi morar em ninho de pescadores, uma cidadezinha de nome Nazaré do Pontal. De sua casa, em cadeira que mais parecia âncora de navio, Gaspar cachimbava o tempo. Ninguém precisava ver, na folhinha da parede, as datas principais do Brasil. Era olhar o mastro do capitão para saber se era feriado de guardar ou dia de rotina de trabalhar. Quando Gaspar aparecia, fardado e de boné, o pessoal do comercinho da rua dos Pescadores sabia que tinha feriado a bombordo. O velho Timbaúba Varejão, que respondia pela luz do farolete de Nazaré do Pontal, corria aos alfarrábios para assuntar que data era. E admirativista:

— É comemorativo marítimo. É a Batalha do Barroso.

Inventoso mais que o capitão nem as sereias do mar profundo. De noite, nas conversas de vento e lua, o capitão gostava de futucar seus acontecidos de distantes navegagens. Neste modo enluarado:

— De uma feita, na boca dos Amazonas, peguei um filhote de tufão que deu comigo na tal das Áfricas. Por ser sortudo e temente a Deus, levei o navio a porto firme, e se deu até que encontrei, nessa terra dos cafres, um comprador de aguardente que conheci em Sertão de Cacimbas. Barganhava com a bugrada pedaços de marfim, no que não botei caso. Mas como estivesse fardado de oficial da Guarda Nacional e munido de espada, sem a competência da patente, tive de desvestir e desarmar o mercador. Como eu estava nas boas razões, dentro dos regulamentos do Brasil, o faltante agradeceu, pelo que reboquei com ele, temporal amainado, para Belém do Pará, de onde comuniquei a peripécia ao conselheiro Rodrigues Alves, presidente da nação brasileira. Foi nessa cuja data que o conselheiro lavrou em meu favor carta de capitão de longo curso, que tenho até hoje e só não faço uso dessa regalia por ter deixado o serviço de mar.

E assim, de avantajado em avantajado, vivia Gaspar Dias de Ataíde e Sousa muito na estimação de todos, por ser prestativo e sem maldade de raiz. Onde existisse gente precisativa, lá andava o capitão com suas aguinhas e bolinhas de homeopatia, pois não acreditava em injeção e agulha de doutor. Por este motivo:

— Nosso Senhor não fez carne de gente para ser espetada feito pano. Quem aprecia agulha é bordado.

Uma noite, no chicote do vento, deu em Nazaré do Pontal um barco de pequena calibração, mas muito bem apanhado de porte e de quilha. Veio adernado, velas sem rumo, de máquina apagada. Logo o orgulho de Nazaré do Pontal pulou fora d'água:

— O capitão Gaspar em pronto instante bota a maquininha para fumegar. O capitão Dias de Ataíde e Sousa conhece navio como doutor velho conhece mazela. Só de olhar, a navegação pula nos cascos e sai varando marola.

E assim, fardado e de boné, foi o capitão ver que avaria tinha pegado a embarcação. Viu, buliu e mexeu. E depois desse bulir e mexer pediu prazo para botar o barco em dia:

— No mais dilatar, um par de horas. No mais dilatar.

Como fosse festa em Nazaré do Pontal, em louvor de São Pedro e seus santos milagres, a tripulação pulou inteirinha para terra de modo a mergulhar em quentão e peixe frito. E de manhã, no plantão da primeira gaivota, a cidadezinha viu aquela coisa encantada. O navio saindo para a vaga alta, longe da costa, com o capitão na retranca do leme. Sozinho! E quando o barco embicou e afundou, chupado pela fome do mar profundo, todos viram aquele boné dizendo adeus. Era Gaspar Dias de Ataíde e Sousa em sua última viagem. Para sempre capitão de longo curso.

Este livro foi impresso nas oficinas da
Distribuidora Record de Serviços de Imprensa S.A.
Rua Argentina, 171 – Rio de Janeiro, RJ
para a Editora José Olympio Ltda.
em março de 2011

*

79º aniversário desta Casa de livros, fundada em 29.11.1931